Jul.

山音

[日] **川端康成** _ 著

月 夜 已 深 ， 让 人 感 到 其 深 邃 一 直 伸 向 侧 面 的 远 方

叶渭渠 _ 译

浙江人民出版社

目 录 Contents

- 山音 001

- 蝉翼 020

- 云焰 041

- 栗子 055

- 海岛的梦 080

- 冬樱 102

- 早露 120

- 夜声 137

- 春天的钟 155

- 鸟巢 177

- 都苑 196

- 伤后 217

- 雨中 235

- 蚊群　249

- 蛇卵　263

- 秋鱼　281

- 附录　305

  《山音》解读　305

  川端康成生平年谱　310

  译著等身，风雨同路：记学者伉俪叶渭渠、唐月梅　319

山音

一

尾形信吾紧蹙双眉，微微张开着嘴，似乎在思考什么。在别人看来，或许觉得他不是在思考，而是在悲伤。

儿子修一发现了，却习以为常，毫不介意。

儿子理解得准确，父亲不是在思考，而是在回忆什么。

父亲用右手摘下帽子，放在膝上。修一默默地将帽子拿过来，放到电车的行李架上。

"嗯，喏……"这时信吾有点难以启齿，"前些日子回去的女佣叫什么来着？"

"您是说加代吧？"

"对，是加代。她是什么时候回去的？"

"上星期四，五天前啦。"

"是五天前吗？她五天前请假回家，我现在竟连她的容貌、衣着都记不清了。真烦人啊。"

修一想，父亲多少有点夸张。

"提起加代，就在她回去的两三天前吧，我出去散步，刚穿上木屐，嘟哝了一句：'大概是有脚气。'加代却说：'是磨伤的吧。'她说得很雅，我很钦佩。上回我散步，木屐带磨破了皮肤，她说'磨破'，我以为她是在'磨伤'这词的前边加了敬语呢，听起来很悦耳，我很钦佩。可是，现在我发觉她是说木屐带磨破皮肤，而不是在'磨伤'这个词的前边加敬语，没什么值得钦佩的。加代说话的重音很怪。现在我突然觉得自己是被她的重音骗了。"信吾说，"你说个加敬语的'磨伤'给我听听。"

"磨伤。"

"木屐带磨破皮肤呢？"

"磨破。"

"瞧！还是我的想法对了嘛。加代的重音错了。"

信吾不是东京人，对东京话的重音没有把握。修一是在东京长大的。

"我还以为她说磨伤加敬语，听起来很悦耳。她送我出大门，就跪坐在那里。现在我突然觉得她是说木屐带磨破，而不是给磨伤加了敬语。我不由得这么想。可我想不起加代的名字，她的容貌、衣着，我也记不清了。加代在咱们家也待了半年吧？"

"是的。"

修一习惯了，所以对父亲一点也不表示同情。

信吾自己也习惯了，但还是有点恐惧，无论怎样回忆，加代的形象还是没有清晰地浮现出来。脑子里如此空荡荡，不免有点焦灼，涌上几分感伤，有时心情反而变得平静。

此时也是如此。信吾想象着加代跪坐在大门口、双手着地施礼的形象。当时她还稍微探出身子说："是磨伤的吧？"

女佣加代待了半年，信吾才好不容易追忆起她在大门口送行时的这副形象。一想到这里，信吾似乎感到自己的人生正在逐渐消逝。

二

妻子保子比信吾大一岁，已经六十三岁了。

他们生育了一男一女。长女房子生了两个女儿。

保子显得比较年轻，不像比丈夫大。这倒不是说信吾已经怎么老了，而是一般来说，妻子总该比丈夫小，所以自然而然地就有这种感觉了。这跟她个子虽矮却结实健康有关吧。

保子长得并不美，年轻时当然显得比信吾大，于是不愿意跟信吾一道外出。

从什么时候起人们才自然而然地按一般常识以夫大妻小来看待他们的？信吾想来想去，也弄不清楚。估计是五十五岁以后。按说女方老得快，然而事实却相反。

信吾在花甲之年，吐了一点血。可能是从肺部咯出来的，可他不肯接受大夫的仔细诊察，也没好好疗养，后来倒也没出什么毛病。

他的身体并没有因此而衰老。倒不如说皮肤反而变得光泽润滑了。躺了半个月，从眼睛和嘴唇的气色来看，仿佛返老还童了。

以往信吾没有患结核的自觉症状。六十岁第一次咯血，总觉得有点凄怆，于是不大愿意让大夫诊察。修一认为这是老人的固执，信吾却不以为然。

保子或许是很健康吧，睡得很好。信吾曾经想过，半夜里自己大概是被保子的鼾声闹醒的吧。保子自十五六岁起就有打鼾的毛病，据说她的父母为矫正她这个毛病煞费苦心。她结婚后不打鼾了，可是五十岁以后又复发了。

信吾心情好的时候，就捏住保子的鼻子摇晃。鼾声还不停息，便抓住她的喉部摇动。而心情不好的时候，就感到长年伴随自己的她已经老丑了。

今晚信吾心情不好，他拧亮电灯，瞥了一眼保子的脸，抓住保子的喉部摇动，微微渗出了一点汗。

在妻子停止打鼾的时候，干脆伸手摸摸她的身体？信吾这么一想，心头不由得掠过一阵莫名的哀伤。

他拿起枕边的杂志。天气闷热，他又起身打开一扇木板套窗，蹲在那里。

这是一个月夜。

菊子的连衣裙挂在木板套窗的外面，呈现出一片令人讨厌的灰白色。信吾凝望着它，心想，大概是忘了收进来吧，也可能是有意让夜露打掉上面的汗味儿？

"知了，知了，知了。"庭院里传来了虫鸣声。那是左侧那棵樱树上的蝉鸣声。信吾有点疑惑，蝉会发出这样可怕的声音吗？确实是蝉啊！

有时蝉也害怕做噩梦吗？

蝉飞了进来，落在蚊帐的下缘处。

信吾抓住蝉，蝉没有鸣叫。

"是只哑蝉。"信吾嘟哝了一句。不是那只会叫的蝉。

为了不让蝉再误认亮光飞进来，信吾使劲将蝉扔到左侧那棵樱树的高处，但蝉没有反应。

信吾抓住木板套窗，探出身子望了望那棵樱树，不知蝉是不是已经落在樱树上了。月夜已深，让人感到其深邃一直伸向侧面的远方。

再过十天就是八月了，虫仍在鸣叫。

仿佛还听见夜露从树叶上滴落在另一些树叶上的滴答声。

于是，信吾蓦地听见了山音。

没有风，月光晶莹，近于满月。在夜间潮湿的冷空气的笼罩下，山丘上树林子的轮廓变得朦胧，却没有在风中摇曳。

信吾所在的走廊下面，羊齿叶也纹丝不动。

夜间，在镰仓的所谓山涧深处，有时会听见波涛声。信吾疑是海浪声，其实是山音。

它很像远处的风声，但有一种地声般深沉的底力。信吾以为是耳鸣，摇了摇头。

声音停息。

声音停息之后，信吾陷入恐惧中。莫非预示着死期将至？他不寒而栗。

信吾本想冷静地确认一下是风声、涛声，还是耳鸣，可又觉得怎么会有这些声音呢。然而，他确实听见了山音，恍如魔鬼鸣山而过。

夜空充满潮气。山前面那道陡峭的斜坡仿佛立着的一堵黑魆魆的墙。其实，那山不过是信吾家在庭院里修筑的小山，说是墙，但看上去就恍如被切掉一半的蛋立在那里。

墙的旁边和后面都有小山，鸣声似乎来自信吾家的后山。

透过山顶林木的间隙，可以望见几颗星星。

信吾将木板套窗关上，同时想起一件怪事。

大约十天前，信吾在一家新建的酒馆里等候客人。客人没来，却来了一个艺伎，后来又来了一两个。

"把领带解下来吧，怪闷热的。"艺伎说。

"嗯。"信吾听任艺伎解领带。

他们并不相识。艺伎将领带塞进信吾放在壁龛边上的大衣兜里，然后谈起她的身世来。

据说两个多月前，艺伎同修建这家酒馆的木匠险些双双殉情，当他们要咽氰化钾时，艺伎怀疑那分量能否顺利地致死。

"那木匠说，'没错，这是致死量，这样一份份包好就足以证明分量都足了。'"

然而这种说法无法令人相信。越怀疑越觉得不可靠。

"是谁给装的？人家会不会为了惩罚你和女人在分量上做手脚呢？我追问他这是哪儿的医生或药房给的，他不肯回答。你说奇怪吧，打算一道殉情的，却不肯讲出来。后来也不可能明白了。"

"你是在说单口相声吧？"信吾想这么说却没有说出来。

艺伎坚持要请人鉴定药的分量之后再去殉情。

"我就这样把它带到这儿来啦。"

信吾心想，这真是件怪事。他耳朵里仅仅留下"修建这家酒馆的木匠"这句话。

艺伎从纸盒里掏出药包，打开让信吾瞧。

信吾瞧了一眼，"嗯"地应了一声。那究竟是不是氰化钾，他不得而知。

信吾关着木板套窗，想起了那位艺伎。

信吾钻进被窝，但不能把六十三岁的妻子唤醒，述说自己听到山音所引起的那种恐惧感。

三

修一与信吾同在一个公司，他还担任协助父亲记忆的角色。保子自不消说，连修一的媳妇也充当着信吾的助忆员呢。这三个人都在做协助信吾记忆的工作。

在公司里，信吾办公室的女办事员也在帮助他记忆。

修一走进信吾的办公室，就在犄角的小书架上抽出一本书，翻阅起来。

"哎呀。"修一走到女办事员桌旁，让她看翻开的一页。

"什么事？"信吾微笑着说。

修一手捧着书走了过来。书上这样写道：

……这里没有丧失贞操观念。男人忍受不了持续爱一个女人的痛苦，女人也忍受不了爱一个男人的苦楚，为了双方都愉快地、更持久地爱慕对方，作为手段，彼此可以寻找情人以外的男女。就是说，这是一种巩固相爱的方法……

"书上所说这里，是指哪里？"信吾问道。

"指巴黎呀。这是一篇小说家的欧洲纪行。"

信吾的头脑，对警句或辞论早已反应迟钝了。不过，他倒觉得这不是警句，也不是辩论，而像是很出色的洞察。

信吾发现修一并非对这段话有所感受，无疑是示意下班后赶快带女办事员外出。

从镰仓站下车之后，信吾心想，要是同修一约好回家时间，或比修一晚些回家就好了。

从东京回家的人流不绝，公共汽车也十分拥挤，信吾就步行了。

来到一家鱼铺面前，信吾驻步瞧了瞧。老板招呼了一声，他便走进了店堂。只见装着大虾的木桶里的水，灰蒙蒙地沉淀着。信吾用手指触了触龙虾。大概是活的，可它却纹丝不动。海螺大量上市，他便决定买海螺。

"要几个？"老板问。

信吾迟疑了片刻。

"嗯，三个，要大的。"

"好哩。给您收拾一下吧。"

老板和儿子将刀尖插进海螺壳里，将螺肉剜了出来，刀尖碰在贝壳上发出的嘎吱声，信吾觉着有点讨厌。

他们在水龙头处冲洗过后，麻利地切开了。这时候，两个姑娘站到了店铺前。

"买点什么吗？"老板边切海螺边问道。

"买竹荚鱼。"

"几条？"

"一条。"

"一条？"

"嗯。"

"一条？"

这是稍大一点的小竹荚鱼。姑娘对老板这种露骨的态度似乎不怎么介意。

老板用纸片把竹荚鱼包好，递给了姑娘。

她身后的另一个姑娘，从后面捅了一下她的胳膊肘，说："本来是不要鱼的呀。"

她把竹荚鱼接过来之后，又瞧着龙虾。

"到星期六还有龙虾卖吧？我那位喜欢吃虾。"

后边的姑娘什么也没有说。

信吾吓了一跳，偷偷瞧了姑娘一眼。

她们是新近下海的娼妓，整个背部露了出来，脚上蹬着布凉鞋，是一副很健美的身躯。

鱼店老板将切细的海螺肉扒到案板正中，把它分成三份，分别塞进三只壳里，啐了一口似的说：

"那种人，镰仓也多起来啦。"

对鱼店老板这种口气，信吾深感意外。

"不过，蛮一本正经的嘛。令人佩服呀。"

信吾仿佛在否定什么。

老板随便地将螺肉塞进壳里。信吾却疑惑地注意到一些细枝末节的问题，心想，三只海螺的肉都绞在一起了，各自都不能还原到原来的壳里了吧。

今天是星期四，距星期六还有两天。信吾在想，最近鱼店经常出售龙虾。那野姑娘将怎样烹调这只龙虾让外国客人吃呢？龙虾无论煮、烧还是蒸，随便烹调都能成为佳肴。

信吾对那姑娘的确抱有好意，但过后他自己内心不由得感到无限寂寞。

信吾一家四口，却只买了三只海螺。因为知道修一不回家吃晚饭，他并不明显地表露出对儿媳菊子的顾忌。鱼店老板询问买几只时，他无意中竟把修一除去了。

信吾途中路过菜店，又买了白果带回家里去。

.

四

信吾破例地买下酒菜带回家里来，可保子和菊子都没有露出惊讶的神色。

或许是因为没有看见理应一起回家的修一，为了掩饰这方面的感情才这样的吧。

信吾将海螺和白果递给了菊子，而后随菊子走进了厨房。

"给我一杯白糖水。"

"嗯。这就给您端去。"菊子说。信吾自己拧开了水龙头。

水槽里放着龙虾和大虾。信吾觉得这完全符合自己的想法。在鱼铺里，他是想过要买些虾的。但是，最终想不起买这两种虾了。

信吾望着大虾的颜色说："这是好虾哟！"非常新鲜，很有光泽。

菊子一边用刀背敲开白果，一边说：

"您特地买这些白果回来，可都不能吃呀。"

"是吗？大概是过了季节。"

"给菜店挂个电话，就这样说吧。"

"行啊。不过，大虾和海螺是一类东西，真是多余呀。"

"瞧我露一手江之岛茶店的手艺吧。"菊子伸了伸舌头说，"我来烤海螺、烧龙虾、炸大虾。我出去买点蘑菇回来。爸爸，您能帮我到院子里摘点茄子吗？"

"嗯。"

"要小的。还要摘些嫩紫苏叶。哦，对了，只炸大虾可以吗？"

晚餐桌上，菊子端出了两份烤海螺。

信吾有点迷惑不解，说：

"还有一份海螺吧？"

"哟，爷爷、奶奶牙齿不好，我想让二老好好吃上一顿嘛。"菊子说。

"什么……别说这可怜的话啦。家里没有孙子，哪来的爷爷！"

保子低下头，咻咻地笑了。

"对不起。"菊子说着轻轻地站起身，又端来了另一份烤海螺。

"本来嘛，按菊子所说的，咱们俩好好吃上一顿不是挺好的吗，可你……"保子说。

信吾觉得菊子的话是随机应变，内心不胜钦佩。这样一来，大家就不必拘泥海螺是三份还是四份，因而得到解脱了。她天真地说了说，就出色地处理了这难题，真是有两下子。

或许菊子也想过自己不吃，留一份给修一；或者自己和婆婆两人吃一份。

但是，保子没有领会到信吾的意图，竟糊里糊涂地又重问了一遍："只有三份海螺吗？家里四口人，却只买三份。"

"修一不回家，不需要嘛。"

保子苦笑了。也许是年龄的关系，看不出是苦笑。

菊子脸上没有一丝阴影，她也不问一声修一上哪儿去了。

菊子兄弟姐妹八人，她排行末尾。

她的七个兄姐都已经结婚，孩子很多。有时信吾会想到菊子的父母那旺盛的繁殖能力。

菊子常常发牢骚说："公公直到现在还没能把菊子兄姐的名字记住。众多的外甥和侄子的名字就更记不清了。"

菊子的双亲一心不想再生菊子了。他们原来以为不会再生育了，谁知菊子的母亲竟然怀孕了。她觉得这把年纪还怀孕真丢人，甚至诅咒自己的身子，还曾试过堕胎，却失败了。菊子是难产，用夹子夹住额颅拽出来的。

这是菊子从母亲那里听说的，她也这样告诉了信吾。

信吾无法理解，作为母亲为什么要将这种事告诉孩子，菊子又为什么要告诉公公。

菊子用手掌按住刘海儿，让信吾看她额上隐约可见的伤痕。

从那以后，有时信吾一看到菊子额上的伤痕，就突然间觉得菊子很可爱。

菊子不愧是个幺女。与其说她受到娇宠，不如说她惹人喜爱。她也有软弱的一面。

菊子刚嫁过来的时候，信吾发现菊子没有耸动肩膀却有一种动的美感。他明显地感到一种新的媚态。

信吾常常从身材苗条、肤色洁白的菊子联想到保子的姐姐。

少年时代，信吾曾爱慕过保子的姐姐。姐姐死后，保子就到她姐姐的婆家去干活，照料姐姐的遗孤。她忘我地工作。保子希望做姐夫的填房。保子固然喜欢姐夫这位美男子，但她也是因为爱慕姐姐。姐姐是个美人，甚至令人难以相信她们是同胞姐妹。保子觉得姐姐和姐夫是理想之国的人。

保子爱姐夫，也爱姐姐的遗孤。可是姐夫却对保子的这片真心视而不见，终日在外吃喝玩乐。保子似乎心甘情愿牺牲自己，终身为他们服务。

信吾明知这种情况，仍同保子结了婚。

三十余年后的今天，信吾并不认为自己的婚姻是错误的。漫长的婚后生活，不一定非受起点支配。

然而，保子姐姐的面影总是萦回在两人的心底。尽管信吾和保子都不谈论姐姐的事，却也忘不了。

儿媳妇菊子过门以后，仿佛给信吾的回忆带来了一束闪电般的光明，这并不是多么严重的病态。

修一同菊子结婚不到两年，就已经另有新欢。这使信吾大为震惊。

信吾是农村出身，修一与信吾的青年时代不同，他压根儿就不为情欲和恋爱苦恼。从来就不曾见过他有什么苦闷。修一什么时候初次与女性发生关系，信吾也难以估计。

信吾盯着修一，估摸着现在修一的女人准是个艺伎，要不就是妓女型的女人。

他猜疑，修一带公司女办事员外出，说不定是为了跳跳舞，或是为了遮掩父亲的耳目。

不知怎的，信吾从菊子身上感到，修一的新欢大概不是这样一个少女。修一另有新欢以后，他同菊子的夫妻生活突然融洽得多了。菊子的体形也发生了变化。

品尝烤海螺的那天夜里，信吾从梦中醒来，听见了不在跟前的菊子的声音。

信吾觉得，修一另有新欢的事，菊子压根儿是不知道的。

"用一份海螺的形式，来表示父母的歉意吗？"

信吾喃喃自语了一句。

尽管菊子不知道修一另有新欢，可那个女人给菊子带来的影响又是什么呢？

似睡非睡之中，觉着天已亮了，信吾走出去取报纸。月儿还悬在苍穹。信吾把报纸浏览了一遍，就又入睡了。

五

在东京车站站台上，修一一个箭步登上了电车，先占一个座位，让随后上车的信吾坐了下来，自己站立着。

修一把晚报递给信吾，然后从自己的衣兜里掏出了信吾的老花镜。信吾也有一副老花镜，不过他总是忘记带，就让修一带一副备用。

修一把视线从晚报上移向信吾，弯下腰来说：

"今天，谷崎说她有个小学同学想出来当女佣，将这件事拜托给我了。"

"是吗？雇用谷崎的朋友，不太方便吧？"

"为什么？"

"也许那女佣会向谷崎打听你的事，然后告诉菊子呢。"

"真无聊。有什么可告诉的。"

"哟，了解一下女佣的身世总可以吧。"信吾说罢就翻阅起晚报来。

在镰仓站下了车，修一就开口说道：

"谷崎对爸爸说我什么啦？"

"什么也没有说。她守口如瓶。"

"哦？真讨厌啊！要是让爸爸办公室那个办事员知道，以为我怎么样，岂不让爸爸难堪，成为笑柄了吗？"

"自然。不过，你可别让菊子知道哟。"

信吾心想：难道修一不打算过多地隐瞒？

"谷崎都说了吧？"

"谷崎明知你另有新欢，还跟你去游乐吗？"

"嗯，是。一半是出于妒忌呢。"

"真拿你没办法。"

"快吹了。我正想和她吹呢。"

"你的话我听不懂。嘿，这种事以后再慢慢跟我说吧。"

"吹了以后再慢慢告诉您。"

"千万不要让菊子知道哟。"

"嗯。不过，说不定菊子已经知道了。"

"是吗？"

信吾有点不高兴，缄口不语了。

回家后，他还是不高兴，用过晚饭旋即离席，径直走进自己的房间里。

菊子端来了切好的西瓜。

"菊子，你忘记拿盐了。"保子随后跟来了。

菊子和保子无意中一起坐到走廊上了。

"老头子，菊子喊西瓜西瓜的，你没听见吗？"保子说。

"没听见呀，但我知道有冰镇西瓜。"

"菊子，他说他没听见呢。"保子朝着菊子说。

菊子也向着保子说："爸爸好像在生气呢。"

信吾沉默良久才开腔说：

"近来耳朵有点异样。前些日子，半夜里我打开那儿的木板套窗乘凉，仿佛听见山鸣的声音。老太婆呼噜呼噜地睡得可香了。"

保子和菊子都望了望后边的那座小山。

"您是说山鸣的声音吗？"菊子说，"记得有一回我听妈妈说过，大姨妈临终前也曾听见过山鸣的声音。妈妈您说过的吧。"

信吾不由得吃了一惊，心想，自己竟把这件事给忘了，真不可救药。听见山音时，怎么就想不起这件事来呢？

菊子说罢，好像有点担心，一动也不动自己那美丽的肩膀。

蝉翼

一

女儿房子带着两个孩子来了。

大的四岁，小的刚过一岁生日，按这间隔计算，往后还会生的吧。信吾终于漫不经心地说：

"还没怀老三吗？"

"爸爸您又来了，真讨嫌啊。上回您不也这样说了吗？"房子立即让小女儿仰躺下来，一边解开襁褓一边说，"菊子还没有吗？"

房子也是漫不经心地脱口而出。菊子望着幼儿出神的脸，蓦地沉了下来。

"让这孩子就这样躺一会儿吧。"信吾说。

"是国子，不是这孩子呀。不是请外公给起的名字嘛。"

似乎只有信吾觉察到菊子的脸色，但是也不介意，他只顾瞅着从襁褓中解放出来的幼儿那裸露的双腿活动，觉着很可爱。

"甭管她，看样子蛮快活的。她大概热得够呛吧。"保子说着膝行过去，一边像胳肢似的从幼儿的下腹直搔到大腿，一边说，"你妈妈跟你姐姐一起到浴室擦汗去啰。"

“手巾呢？”菊子说着站了起来。

“带来了。”房子说。

看来是打算住上几天。

房子从包裹里拿出手巾和替换衣服，大女儿里子绷着脸站在她的背后。这孩子来了以后还没有说过一句话。从后面看，里子那头浓密的黑发格外醒目。

信吾认得房子包杂物的包袱皮，却只想起那是自家的东西。

房子是背着国子，牵着里子的手，拎着小包袱，从电车站徒步而来的。信吾觉得她可不简单啊。

里子是个脾气倔强的孩子，母亲这样牵着她行走，她满心不高兴。母亲不顺心或困惑的时候，她就越发磨人。

信吾心想，儿媳菊子注重打扮，保子大概会难堪的吧。

房子去了浴室，保子抚摸着国子的大腿内侧呈微红的地方说：“我总觉得这孩子比里子长得结实。”

“大概是在父母不和之后生下来的缘故吧。”信吾说。

“里子生下来之后，父母感情不好，会受影响的。”

“四岁的孩子懂吗？”

“懂吧。会受影响的。”

“天生是这样的吧，里子她……”

幼儿冷不防地翻过身来，爬行过去，一把抓住拉门站起来。

"来，来。"菊子伸出两只胳膊，抓住了幼儿的双手，扶她走到贴邻的房间里。

保子蓦地站立起来，捡起房子放在行李旁边的钱包，瞧了瞧钱包里面。

"喂！干吗？"信吾压低了嗓门说道，可是声音有点颤抖，"算了吧！"

"为什么？"

保子显得非常沉静。

"我说算了就算了。你这是干什么嘛！"

信吾的手指在颤抖。

"我又不是要偷。"

"比偷更恶劣。"

保子将钱包放回原处，一屁股就地坐了下来，说：

"关心女儿的事，有什么恶劣的。回到家里来，如果自己连孩子的点心都买不起的话，不好办吧。再说，我也想了解一下房子家的情况。"

信吾瞪了保子一眼。

房子从浴室里折了回来。

保子旋即吩咐似的说：

"喏，房子，刚才我打开你的钱包看来着，挨了你爸爸的责备呢。

倘使你觉得我这样做不好，那我向你道歉。"

"有什么不好的？"

保子把事情告诉了房子，信吾更加厌恶了。

信吾也暗自思忖，或许正像保子所说的，母女之间这样做算不了什么，可自己一生气就浑身发颤，大概是岁数不饶人，疲惫从积淀的深层冒上来了。

房子偷偷瞅了瞅信吾的脸色。也许比起母亲看她的钱包来，父亲的恼火更使她感到吃惊。

"随便看嘛。请呀。"房子用豁出去似的口吻说了一句，轻轻地将钱包扔到母亲的膝前。

这又伤了信吾的感情。

保子并不想伸手去拿钱包。

"相原以为我没有钱，就逃不出家门。反正钱包里也没装什么。"房子说。

扶着菊子走路的国子腿脚一软，摔倒了。菊子把她抱起来。

房子把短外套下摆撩起，给孩子喂奶。

房子长得并不标致，但身体却很健壮。胸形还没有扁瘪下来。乳汁十足，乳房涨得很大。

"星期天，修一还出门了？"房子询问弟弟的事。

她似乎要缓和一下父母之间不愉快的情绪。

二

信吾回到自家附近，抬头仰望着别人家的向日葵花。

一边仰望一边走到葵花下。向日葵种在门旁，花朵向门口垂下。信吾站在这里正好妨碍人家的出入。

这户人家的女孩回来了。她站在信吾的背后等候着。她不是不可以从信吾旁边擦身走进家门，她认识信吾，也就这样站着等候了。

信吾发觉了女孩，说：

"葵花真大，长得真好啊。"

女孩腼腆地微微笑了笑。

"只让它开一朵花。"

"哦，只让它开一朵花，所以才开得这么大啊。花开的时间很长了吧？"

"嗯。"

"开了几天？"

十二三岁的女孩答不上来。她一边思索一边望着信吾，而后又同信吾一起抬头望着葵花。小女孩晒得黝黑，脸蛋丰满，圆乎乎的，手脚却很瘦削。

信吾准备给女孩让路。他望了望对面，前面两三家也种了向日葵。

那边的向日葵，一株开放三朵花。那些花只有女孩家一朵的一半大小，长在花茎的顶端。

信吾正要离去，又回头望了望葵花。这时传来了菊子的声音：

"爸爸！"

菊子已经站在信吾的背后。毛豆从菜篮子边缘探出头来。

"您回来了。观赏葵花哪。"

信吾觉得与其说观赏葵花，不如说没有同修一一起回家，却来到自家附近观赏葵花，这更使菊子感到不顺心吧。

"多漂亮啊！"信吾说，"多么像个伟人的脑袋呀！不是吗？"

"伟人的脑袋"这句话，是刚刚这一瞬间冒出来的。信吾并不是先考虑到这一点才去观赏花的。

然而，信吾这么说的时候，倒是强烈地感受到向日葵花拥有大度而凝重的力量，也感受到花的构造真是秩序井然。

花瓣宛如圆冠的边饰，圆盘的大部分都是花蕊。花蕊一簇簇都是满满的，圆冠隆了起来，花蕊与花蕊之间并无争妍斗丽的色彩，而是齐整沉静，并且洋溢着一股力量。

花朵比人的头盖骨还大。信吾可能是面对它秩序井然的重量感，瞬间联想到人的脑袋的吧。

另外，信吾突然觉得这旺盛的自然生命力的重量感，正是巨大的男性的象征。在这花蕊的圆盘上，雄蕊和雌蕊都在做些什么，信吾不得而知，但却感到存在一种男性的力量。

夏日夕雾迷茫，海上风平浪静。

花蕊圆盘四周的花瓣是黄色的，看起来犹如女性。

信吾暗自思忖：莫非是菊子来到身旁，脑海里才泛起这种怪念头？他离开向日葵，迈步走了。

"我呀，最近脑筋格外糊涂，看见向日葵才想起脑袋的事来。人的脑袋能不能也像葵花那样清晰呢？刚才我在电车上也在想，能不能光是拿脑袋去清洗或修补呢？说把脑袋砍下来未免太荒唐，但能不能让脑袋暂时离开躯体，像送要洗的衣物那样送进大学医院，说声麻烦您给洗一下，就放在那里呢？在医院清洗脑袋或修补有毛病的地方，这段时间，哪怕是三天或者一个礼拜，躯体可以睡个够，不必翻身，也无须做梦。"

菊子垂下上眼皮，说：

"爸爸，您是累了吧？"

"是啊。今天在公司会客，我只抽了一口就把香烟放在烟灰碟里。接着再点了一根，又放在烟灰碟里。等意识到的时候，只见三根一样长的香烟并排着在冒烟。实在不好意思啊。"

在电车里幻想洗脑，这是事实。不过，信吾幻想的，与其说是被洗干净的脑袋，不如说是酣睡的躯体。脑袋已经在异处的躯体的睡法，似乎是很舒服的。信吾的确是疲倦了。

今天黎明时分，做了两次梦。两次梦中都出现死人。

"您没请避暑假吗？"菊子说。

"我想请假到高地去。因为把脑袋摘下，无处寄存，我就想去看看山峦。"

"能去的话，那就太好啦。"菊子带点轻佻的口吻说。

"哦，不过眼下房子在。房子似乎也是来休息的。不知道房子会觉得我在家好呢，还是不在家好？菊子你以为怎么样？"

"啊，您真是位好爸爸。姐姐真令人羡慕。"

菊子的情绪也有点异样了。

信吾是想吓唬一下菊子，还是想分散她的注意力以掩饰自己没有同儿子一道回家呢？他虽无意这样做，但其实多少也流露出这种苗头。

"喂，刚才你是在挖苦我吧？"信吾淡漠地说了一句。

菊子吓了一跳。

"房子变成那副模样，我也不是什么好爸爸啊。"

菊子不知所措。她脸颊泛起一片红潮，一直红到耳朵根。

"这又不是爸爸的缘故。"

信吾从菊子的语调中，仿佛感受到某种安慰。

三

就是夏天信吾也讨厌喝冷饮。原先是保子不让他喝，不知不觉间他也就养成了这种习惯。

不论早起，还是从外面归来，他照例首先喝一碗热粗茶。这点菊子是非常体贴的。

观赏葵花之后回到家中，菊子首先忙着给信吾沏上一碗粗茶。信吾呷了一半，换了一件单衣，端着茶碗向廊沿走去，边走又边呷了一口。

菊子手拿凉手巾和香烟尾随而来，又往茶碗里给他斟上热粗茶。站了一会儿，又给他拿来了晚报和老花镜。

信吾用凉手巾擦过脸之后，觉得戴老花镜太麻烦，于是望了望庭院。

庭院里的草坪都已经荒芜。院落尽头的犄角上，一簇簇的胡枝子和芒草像野生的一样生长。

胡枝子的那一头，蝴蝶翩翩飞舞。透过胡枝子的绿叶间隙隐约可见，似是好几只蝴蝶在飞舞。信吾一心盼着，蝴蝶或许会飞到胡枝子上，或许会飞到胡枝子旁边，可它却偏偏只在胡枝子丛中飞来飞去。

望着望着，信吾不由得觉得胡枝子那一头仿佛存在一个小小的天地。在胡枝子的绿叶间忽隐忽现的蝴蝶翅膀美极了。

信吾蓦地想起星星，是先前在一个接近满月的夜晚，透过后边小山树林子的缝隙可以望见的星星。

保子出来坐在廊沿上，一边扇团扇，一边说：

"今天修一也晚回来吗？"

"嗯。"

信吾把脸转向庭院。

"有胡枝子的那头，蝴蝶在飞舞，看见了吗？"

"嗯。看见了。"

但是，蝴蝶似乎不愿意被保子发现似的，这时候，它们都飞到胡枝子上方了。总共三只。

"竟有三只呢。是凤蝶啊。"信吾说。

以凤蝶来说，这是小凤蝶。这种类，色彩并不鲜艳。

凤蝶划出一道斜线飞过木板墙，飞到了邻居的松树前。三只整整齐齐地排成一个纵队，间隔有致，从松树中迅速飞上了树梢。松树没有像庭院的树木那样加以修整，它高高地伸向苍穹。

过了一会儿，一只凤蝶从意料不到的地方低低地飞过庭院，掠过胡枝子上方飞去了。

"今早还没有睡醒，两次梦见了死人哩。"信吾对保子说，"辰巳屋的大叔请我吃荞麦面条呢。"

"你吃面条了吗？"

"哦？什么？不能吃吗？"

信吾心想，大概有这样一种说法，梦中吃了死人拿出来的东西，活人也会死的。

"我记不清了，他拿出了一小笼屉荞麦面条，可我总觉得自己好像没吃。"

似乎没有吃就醒过来了。

至今信吾连梦中面条的颜色、面条是盛在敷着竹箅子的方屉里、这个方屉外面涂黑内面涂红，这一切都记得一清二楚。

究竟是梦中看见了颜色，还是醒来之后才发现颜色？信吾记不清了。总而言之，眼下只有那笼屉荞麦面条，记得非常清楚。除此以外，其他都已经模糊了。

一小笼屉荞麦面条放在榻榻米上。信吾仿佛就站在那跟前。辰巳屋大叔及其家属都是席地而坐，谁都没有垫上坐垫。信吾却是一直站立着，有点奇怪。但他是站着的。只有这点，他朦朦胧胧地记住了。

他从这场梦中惊醒时，就全然记住了这场梦。后来又入睡，今早醒来，记得更加清晰了。不过到了傍晚，几乎又忘却了。只有那一小笼屉荞麦面条的场面还隐约浮现在脑海里，前后的情节都无影无踪了。

辰巳屋大叔是个木匠，三四年前年过七旬才过世。信吾喜欢具有古色古香风格的木匠，曾让他做过活儿。但彼此之间的关系尚未亲密到他过世三四年后仍然梦见他的程度。

梦中出现荞麦面的场面，仿佛就是工作间后头的饭厅。信吾站在工作间同饭厅里的老人对话，却没有登上饭厅。不知为什么竟会做荞麦面条的梦。

辰巳屋大叔有六个孩子，全是女儿。

信吾梦中曾触摸过一个女孩，可这女孩是不是那六个女儿中的一个呢？眼下傍晚时分，信吾已想不起来了。

他记得的确是触摸过，对方是谁，却一点也想不起来。甚至连一点可供追忆的线索也忆不起来了。

梦初醒时，对方是谁似乎是一清二楚的。后来睡了一宿，今早也许还记得对方是谁。可是，一到傍晚，此时此刻已经完全想不起来了。

信吾也曾想过，接触那女孩是在梦见辰巳屋大叔之后，所以那女孩也可能是大叔女儿中的一个吧。可是毫无真实感。首先，信吾脑海里就浮现不出辰巳屋姑娘们的姿影来。

接触那女孩是在做梦之后，这是千真万确的。和出现荞麦面的先后顺序如何就不清楚了。现在还记得初醒时，荞麦面条在脑海里的印象是再清晰不过的了。触摸姑娘的震惊，打破了美梦，这难道不是梦的一般规律吗？

可话又说回来，是没有任何刺激把他惊醒的。

信吾也没记住任何情节。连对方的姿影也消失得无影无踪，全然想不起来了。眼下他记得的，只是模糊的感觉。身体不适，没有反应。稀里糊涂的。

在现实中，信吾也没有和女性发生过这种关系。她是谁不知道，总之是个女孩子。如是看来，实际上恐怕不可能发生吧。

信吾六十二岁了，还做这种猥亵的梦，这是非常罕见的。也许谈不上猥亵，因为那梦太无聊，他醒来也觉得莫名其妙。

做过这场梦后，紧接着又入睡了。不久又做了另一场梦。

相田身材高大，肥头大耳，拎着一升装的酒壶，上信吾的家里来了。看样子他已经喝了不少，只见他满脸通红，毛孔都已张开，显出了一副醉态。

信吾只记得做过这些梦。梦中的信吾家，是现在的家还是早先的家，也不太清楚了。

十年前相田是信吾那家公司的董事。近几年他一天天消瘦下来。去年年底，脑出血故去了。

"后来又做了一个梦，这回梦见相田拎着一升装的酒壶，上咱家里来了。"信吾对保子说。

"相田先生？要说相田先生，是不喝酒的，不是吗？真奇怪。"

"是啊。相田有气喘病，因脑出血倒下时，一口痰堵住咽喉就断气了。他是不喝酒的，常拎着药瓶走。"

信吾梦中的相田形象，俨然一副酒豪的模样，跨着大步走来。这副形象，清清楚楚地浮现在信吾脑海里。

"所以，你就同相田先生一起喝酒啰？"

"没喝嘛。他朝我坐的地方走了过来，没等他坐下，我就醒了。"

"真讨厌啊！梦见了两个死人！"

"是来接我的吧。"信吾说。

到了这把年纪，许多亲近的人都死了。梦里出现故人，或许是自然的。

然而，辰巳屋大叔和相田都不是作为故人出现的，而是作为活人出现在信吾的梦中。

今早梦中的辰巳屋大叔和相田的脸和身影还历历在目，比平日的印象还要清晰得多。相田酒醉而涨红的脸，实际上是不存在的，可信吾连他的毛孔张开都记起来了。

对辰巳屋大叔和相田的形象竟记得那么清楚，而在同样的梦中接触到的姑娘的姿影，却已经记不清楚了，是谁也不知道了，这是为什么呢？

信吾怀疑，是不是由于内疚才忘得一干二净呢？其实也不尽然。倘使真达到进行道德上的自我反省的地步，就不会中途醒来又一直睡下去。信吾只记得产生过一阵感觉上的失望。

为什么梦中会产生这种感觉上的失望呢？信吾也没有感到奇怪。

这一点，信吾没有对保子说。

厨房里传来了菊子和房子正在准备晚饭的声响。声音似乎过高了些。

四

每晚，蝉都从樱树上飞进家里来。

信吾来到庭院里，顺便走到樱树下看看。

蝉飞向四面八方，响起了一阵扑翅声。蝉之多，信吾为之一惊。扑翅之声，他也为之一惊。他感到扑翅声简直就像成群的麻雀在展翅飞翔似的。

信吾抬头仰望大樱树，只见蝉还在不断地腾空飞起。

满天云朵向东飘去。天气预报说第二百一十天[1]可望平安无事。信吾心想，今晚也许会降温，出现风雨交加。

菊子来了。

"爸爸，您怎么啦？蝉声吵得您又想起什么了？"

"这股吵闹劲儿，简直就像发生了什么事故。一般说，水禽的振翅声响，可蝉的扑翅声也使我吃惊。"

菊子的手指捏着穿了红线的针。

---

1 即从立春算起的第二百一十天，这一天常刮台风。

"可怕的啼鸣比扑翅声更加惊人呢。"

"我对啼鸣倒不那么介意。"

信吾望了望菊子所在的房间。她利用保子早年的长汗衫的布料，在给孩子缝制红衣服。

"里子还是把蝉当作玩具玩？"信吾问道。

菊子点了点头，只微微动了动嘴唇，仿佛"嗯"地应了一声。里子家在东京，觉得蝉很稀罕。或许是里子的天性的缘故，起初她很害怕秋蝉，房子就用剪子将秋蝉的翅膀剪掉才给她。此后里子只要逮到秋蝉，就对保子或菊子说："请替我把蝉翼剪掉吧！"

保子非常讨厌干这种事。

保子说，房子当姑娘时没有干过这种事。还说，是她丈夫使她变成那样坏的。

保子看到红蚁群在拖着没有翅膀的秋蝉，她的脸色倏地刷白了。

对于这种事，保子平日是无动于衷的，所以信吾觉着奇怪，有点愕然。

保子之所以如此埋怨，大概是因为受了什么不吉利的预感影响。信吾知道，问题不在蝉上。

里子闷声不响，很是固执，大人只得让她几分，把秋蝉的翅膀剪掉了。可她还是纠缠不休，带着无知的眼神，佯装悄悄将刚刚剪了翅膀的秋蝉藏起来，其实是把秋蝉扔到庭院里了。她是知道大人在注视着她的。

房子几乎天天向保子发牢骚，却没说什么时候回去，也许还有什么重要的事没有说出来吧。

保子钻进被窝之后，便把当天女儿的抱怨转告了信吾。信吾度量大，毫不在意，他觉得房子似乎还有什么话未说尽。

虽说父母应该主动和女儿交谈，可女儿早已出嫁，且年近三十，做父母的也不是那么简单就能理解女儿的。女儿带着两个孩子，要挽留她也不是那么容易，只好听其自然，就这么一天天地拖下去了。

吃晚饭时，修一和菊子都在家。

"爸爸对菊子很和蔼，真好啊！"有时房子这么说道。

"是啊。我对菊子也不错嘛。"保子答话。

房子说话的口吻似乎不需要别人来回答，可保子却回答了。尽管是带着笑说，却像是要压制房子的话。

"她对我们大家都挺和气的嘛。"

菊子天真地涨红了脸。

保子也说得很坦率。不过，她的话仿佛是在影射自己的女儿。听起来令人觉得她喜欢幸福的儿媳，而讨厌不幸的女儿。甚至让人怀疑她是不是含有残忍的恶意。

信吾把它解释为保子的自我嫌恶。他心中也有类似的情绪。然而，令他感到意外的是，保子作为一个女人，一个上了年纪的母亲，怎么竟对可怜的女儿迸发出这种情绪来呢?

"我不同意。她对丈夫偏偏就不和气。"修一说。不像是开玩笑。

信吾对菊子很慈祥,这一点,不仅修一和保子,就是菊子心里也是明白的,只是谁都没有挂在嘴上。现在却被房子说出来了,信吾顿觉掉进了寂寞的深渊。

对信吾来说,菊子是这个沉闷家庭的一扇窗。亲生骨肉不仅不能使信吾如意,他们本身在这个世界上也不能如意地生活。这样,亲生子女的抑郁情绪更加压在信吾的心上。看到年轻的儿媳妇,不免感到如释重负。

就算对菊子很慈祥,也只是信吾灰暗的孤独情绪中仅有的闪光。这样原谅自己之后,也就隐约尝到一丝对菊子和蔼的甜头。

菊子没有猜疑到信吾这般年纪的心理,也没有警惕信吾。

信吾感到房子的话像捅了自己内心的秘密。

这件事发生在三四天前吃晚饭的时候。

在樱树下,信吾想起里子玩蝉的事,也同时忆起房子当时所说的一些话。

"房子在睡午觉吗?"

"是啊。她要哄国子睡觉。"菊子盯着信吾的脸,说道。

"里子真有意思,房子哄小妹睡觉,她也跟着去,偎依在母亲背上睡着了。这时候,她最温顺。"

"很可爱呀。"

"老太婆不喜欢这个外孙女，等她长到十四五岁，说不定也跟你这个婆婆一样打鼾呢。"

菊子吓了一跳。

菊子回到刚才缝制衣服的房间里，信吾刚要走到另一个房间，菊子就把他叫住。

"爸爸，听说您去跳舞了？"

"什么？"信吾回过头来，"你也知道了？真叫我吃惊。"

前天晚上，公司的女办事员同信吾到舞厅去了。

今天是星期日，肯定是昨天谷崎英子告诉修一，修一又告诉菊子的。

近年来，信吾未曾出入舞厅。他邀英子时，英子吓了一跳。她说，同信吾去，公司的人议论就不好了。信吾说，可以不说出去嘛。可是，看样子第二天她马上就告诉了修一。

修一早已从英子那里听说了，可昨天和今天，他在信吾面前仍然佯装不知。看来他很快就告诉了妻子。

修一经常同英子去跳舞，信吾也想去尝试一番。他心想，说不定修一的情妇就在自己与英子去跳舞的那个舞厅里呢。

到了舞厅，又觉得在舞厅里不会找到这种女人，也无意向英子打听。

英子出乎意料地同信吾一起来，显得满心高兴，忘乎所以。在信吾看来，这是危险的，太可怜了。

英子年方二十二，乳房却只有巴掌这般大。信吾蓦地联想起春信[1]的春画来。

他一看见四周杂乱无章，觉得此刻联想到春信，的确是喜剧性的，有点滑稽可笑。

"下回跟菊子一起去吧。"信吾说。

"真的吗？那就请让我陪您去吧。"

从把信吾叫住的时候起，菊子脸上就泛起了红潮。

菊子是不是已经察觉到信吾以为修一的情妇可能在才去的呢？

菊子知道自己去跳舞倒没什么，可自己另有盘算，觉得修一的情妇会在那里，这事突然被菊子点出来了，不免有点不知所措。

信吾绕到门厅，走到修一那边，站着说：

"喂，你从谷崎那里听说了？"

"因为是咱家的新闻啊。"

"什么新闻！你既然要带人家去跳舞，也该给人家买一身夏装嘛。"

"哦，爸爸也觉得丢脸了吗？"

"我总觉得她的罩衫同裙子不相配。"

"她有的是衣服。您突然带她出去，她才穿得不相配罢了。倘使

1　铃木春信（1725—1770），江户中期的浮世绘画师，擅长画梦幻中的美人。

事前约好，她会穿得适称的。"修一说罢，就把脸扭向一边了。

信吾擦边经过房子和两个孩子睡觉的地方，走进饭厅，瞧了瞧挂钟。

"五点啦。"他仿佛对准了时间，喃喃自语地说了一句。

云焰

一

报纸报道第二百一十日可望平安无事地度过，可是第二百一十日的前夕，来了台风。

当然几天以前信吾就读过这段报道，现在都忘了，也许它不能叫作天气预报吧。因为临近还会有预报，也有警报。

"今天早点回家吧。"信吾邀修一回家。

女办事员英子协助信吾做好回家的准备，然后自己也匆匆忙忙做好准备。她穿上一件透明的白雨衣，胸部依然是扁平的。

自从带英子去跳舞，发现她的乳房难看后，信吾无意中反而更加关注这个了。

英子随后跑也似的下了楼梯，同信吾他们并排站在公司门口。大概是下雨的缘故，她的脸没有重新化妆。

"你回哪儿去？"信吾欲言又止。恐怕他已经问过二十次了，可总是记不住。

在镰仓站下了车的人们都站在屋檐下，眼巴巴地望着风雨交加的情景。

他们一来到门前种植葵花的人家附近，《巴黎节》[1]主题歌的歌声就夹在风声雨声中传了过来。

"她真悠然自在啊。"修一说。

他们两人都知道，这是菊子在放丽兹·高蒂[2]的唱片。

歌曲一终，又从头放了一遍。

传来的歌声，夹杂着拉木板套窗的声响。

他们两人还听见菊子一边关木板套窗，一边和着唱片唱起来的歌声。

由于暴风雨和唱歌，菊子没有留意到他们两人已经从大门走进了门厅。

"真够呛！鞋子里进水了。"修一说着在门厅处把鞋子脱下来。

信吾就这么浑身湿漉漉地走进屋里。

"哟，回来了。"菊子走了过来。她满脸喜气洋洋。

修一把手中拎着的袜子递给她。

"哎哟，爸爸也淋湿了吧。"菊子说。

唱片放完了。菊子又把唱针放在唱片开始的地方重放一遍，然后抱起他们两人濡湿的西服就要离开。

修一一边系腰带一边说：

---

1 《巴黎节》（ *Quatorze Juillet* ），1933年雷内·克莱尔导演的影片。
2 丽兹·高蒂（Lys Gauty，1900—1994），法国女民歌手。

"菊子，你真悠闲啊，附近都听见了。"

"我害怕才放唱片的。惦挂着你们两人，沉不住气啊。"

菊子手舞足蹈，仿佛对暴风雨着了迷似的。

她走到厨房里给信吾沏茶，嘴里还轻声哼着这首曲子。

这张巴黎民歌集是修一喜欢才买回来的。

修一懂法语，菊子不懂。修一教她发音，她再跟着唱片反复学，唱得还算不错。据说主演《巴黎节》的丽兹·高蒂经历过千辛万苦，才挣扎着生活过来。这种滋味菊子是体会不到的。可是，菊子这种不熟练的唱法，也很有乐趣。

菊子出嫁的时候，女校的同学们赠送给她一套世界摇篮曲的唱片。新婚期间，她常放这些摇篮曲。没有人在场时，她就和着唱片悄悄地唱起来。

信吾被这种甜美的人情吸引住了。

信吾暗自佩服，这不愧是女人的祝福。他觉得菊子一边在听摇篮曲，一边似乎沉湎在对少女时代的追忆之中。

他曾对菊子说过："在我的葬礼上，只希望放这张摇篮曲的唱片就够了，不要念经，也不要读悼词。"这句话虽不是十分认真，却顿时催人泪下。

菊子至今还没生育孩子，看样子她把摇篮曲的唱片听腻了，近来也不听了。

《巴黎节》的歌声接近尾声，突然低沉，消失了。

"停电啦！"保子在饭厅里说。

"停电了。今天不会再来电啦。"菊子把电唱机关掉说，"妈妈，早点开饭吧。"

晚饭的时候，贼风把微弱的烛光吹灭了三四回。

暴风雨声的远方，传来了似是海啸的鸣声。海啸声比暴风雨声更令人感到可怕。

二

吹灭了的枕边蜡烛的臭味，在信吾的鼻尖前飘忽不散。

房屋有点摇晃，保子在铺盖上找火柴。像是要确认一下，又像是要让信吾听见似的，她将火柴盒晃了晃，发出了声响。

而后又去找信吾的手。不是握手，只是轻轻地触了触。

"不要紧吧？"

"没事儿。就是外头的东西被刮跑也不能出去。"

"房子家大概不要紧吧？"

"房子家吗？"信吾忘了，"哦，大概不要紧吧。暴风雨的晚上，夫妻俩还不亲亲密密睡个早觉嘛。"

"能睡得着吗？"保子岔开信吾的话头，便缄默不语了。

传来了修一和菊子的说话声。菊子在撒娇。

过了一会儿，保子接着说：

"家里有两个孩子，跟咱家可不同。"

"再说，她婆婆的腿脚不灵便，神经痛也不知怎么样了。"

"对，对，房子这么一走，相原就得背他母亲啦。"

"腿脚站不住吗？"

"听说还能动。不过，这场暴风雨……那家真忧郁啊！"

六十三岁的保子吐出"忧郁啊"这个词，信吾觉得挺滑稽，说："到处都忧郁嘛。"

"报纸登过'女人一生当中梳过各式各样的发型'的话，说得真动听。"

"报上都登了些什么？"

据保子说，这是一个专画美女像的男画家，为了悼念最近过世的专画美女像的女画家，写的文章的头一句话。

不过，那篇文章恰恰同保子所说的那句话相反，据说那位女画家没有梳过各式各样的发型。她打二十岁至七十五岁去世，大致五十年间，一直梳的是一种全发[1]发型。

保子对一辈子只梳全发发型的人虽很钦佩，但她不谈这一点，却

1　一种将所有的头发都缠在头顶梳子上的日本发型。

对"女人一生当中梳过各式各样的发型"这句话感慨万千。

保子有个习惯，就是每隔几天把读过的报纸汇集起来，再从里面挑选着阅读。所以，她是在说哪一天的消息也不知道。再说，她又爱听晚间九点的新闻解说，常常会说出一些出乎意料的话来。

"你的意思是不是说今后房子也会梳各式各样的发型呢？"

信吾探询了一句。

"是啊，女人嘛。不过，大概不会像从前我们梳日本发型那样有很多变化了吧。要是房子有菊子那样标致，常常变换发型倒是一桩乐事。"

"我说呀，房子来的时候，遭到了相当的冷遇。我想房子是绝望地回去的。"

"那还不是因为你的情绪传染给我了嘛！你只疼爱菊子。"

"哪儿的话。你这是找碴儿！"

"是这样啊。你过去就讨厌房子，只喜欢修一，不是吗？你就是这样的人。事到如今，修一在外有了情妇，你什么也没说，只顾一个劲地怜恤菊子，这样做反而更残酷啊。那孩子觉得别让爸爸难堪，才不敢忌妒。这是一种忧郁啊。要是台风能把这些都刮跑就好啰。"

信吾不禁愕然。

保子越说越来劲，他却插上了一句：

"你是说台风？"

"是台风嘛。房子也到了那个年龄，现今这个时代，还要让父母替自己去提出离婚，这不是太怯懦了吗？"

"不见得吧。她是为提离婚的事来的吗？"

"甭说别的，我首先看见的是你这张忧郁的脸，仿佛带着外孙女的房子是个沉重的负担似的。"

"你的脸才明显露出这样一副表情呢。"

"那是因为家中有了你疼爱的菊子呀。且不说菊子啦。说实在的，说讨厌，我也讨厌。有时菊子说话办事还能让人放心，轻松愉快，可房子却让人放不下心……出嫁之前，她还不至于这样。明明是自己的女儿和外孙女，父母为什么会有这种感觉呢？真可怕。是受了你的影响吧。"

"你比房子更怯懦啊。"

"刚才是开玩笑。我说是受了你的影响时，不由自主地伸了一下舌头，在暗处，你大概没瞧见吧。"

"你真是个饶舌的老太婆，简直拿你没办法。"

"房子真可怜。你也觉得她可怜吧？"

"可以把她接回来嘛。"于是，信吾蓦地想起来似的说，"前些日子，房子带来的包袱皮……"

"包袱皮？"

"嗯，包袱皮。我认得那块包袱皮，只是想不起来，是咱家的吧？"

"是那块大布包袱皮吧？那不是房子出嫁的时候，给她包梳妆台镜子的吗？因为那是面大镜子呀。"

"啊，是吗？"

"光看见那块包袱皮，我都讨厌呢。何必拎那种东西嘛。装在新婚旅行衣箱里带来，不是更好吗？"

"提衣箱太沉重。又带着两个孩子，就顾不上装门面了。"

"可是，家中有菊子在嘛。记得那块包袱皮还是我出嫁的时候包着什么东西带来的呢。"

"是吗？"

"还要更早呢。这包袱皮是姐姐的遗物，姐姐过世之后，她婆家用它裹着花盆送回娘家来的。那是盆栽大红叶。"

"哦。"信吾平静地应了一声，脑海里却闪满了漂亮的盆栽红叶的艳丽色彩。

保子的父亲住在乡镇上，爱好盆栽，尤其喜欢盆栽红叶。他经常让保子的姐姐帮忙侍弄盆景。

暴风雨声中，信吾躺在被窝里，脑海里浮现出岳父站在盆栽架之间的形象来。

这盆盆栽，大概是父亲让出嫁的女儿带去的，或是女儿希望要的。可是女儿一作古，她婆家又把这盆栽送回了娘家。一来是由于它受到女儿娘家父亲的珍视，二来是女儿婆家没有人侍弄它吧。也说不定是岳父索要回去的呢。

眼下信吾满脑子装着的通红的红叶，就是放置在保子家佛坛上的盆栽。

信吾心想，如果是那样，保子的姐姐去世正好是秋天啰。信浓这个地方秋天来得早。

儿媳一死就该赶紧退回盆栽吗？红叶放在佛坛上，也未免有点过分。莫非这是怀乡病的空想？信吾没有把握。

信吾早已把保子姐姐的忌辰忘得一干二净了。他也不想询问保子。

"我没有帮父亲侍弄过盆栽，这可能是由我的性格决定的。不过，我总有这种感觉，父亲偏爱姐姐。我也并不只是因为输给姐姐就妒羡她，而是觉得自己不像姐姐那样能干，有点自愧呀。"

保子曾经说过这样的话。

一谈及信吾偏爱修一，保子就会冒出这样的话来。

"我当年的处境也有点像房子吧。"保子有时也这样说。

信吾有点惊讶，心想，那块包袱皮竟能勾起对保子姐姐的回忆？但是，谈到保子的姐姐，他就不言语了。

"睡吧。上了年纪的人，也难以成眠呀。"保子说，"这场暴风雨让菊子很开心呢，笑得很欢……她不停地放唱片，我觉得那孩子真可怜。"

"喂，这跟你刚才说的有矛盾嘛。"

"你不也是吗？"

"这话该由我来说。偶尔睡个早觉，竟挨了一顿说。"

盆栽的红叶，依然留在信吾的脑海里。

充满红叶艳丽色彩的脑子的一个角落里，信吾在寻思：少年时代自己憧憬过保子的姐姐，这件事难道在同保子结婚三十多年后的今天，仍是一个旧伤疤吗？

比保子晚一个钟头才入梦的信吾，被一声巨响惊醒了。

"什么声音？"

走廊那边传来了菊子摸黑走过来的脚步声。她通知说：

"您醒了吗？人家说神社安放神舆的那间小屋屋顶上的白铁皮被刮到咱家的屋顶上来了。"

三

安放神舆的小屋屋顶上的白铁皮全被刮跑了。

信吾家的屋顶上、庭院里，落下了七八块白铁皮。神社管理人一大清早就来捡了。

第二天，横须贺线也通车了。信吾上班去了。

"怎么样？睡不着吧？"信吾向给他沏茶的女办事员说。

"嗯，没法睡着。"

英子叙述了两三件刮台风之后的事，那是她在上班途中透过电车车窗看到的。

信吾抽了两支香烟之后说："今天不能去跳舞了吧？"

英子抬起头来，莞尔一笑。

"上回跳舞，第二天早晨腰酸腿痛哩。上了年纪就不行啦。"信吾说。

英子露出了调皮的笑脸说：

"那是因为您挺胸的关系吧？"

"挺胸？是吗？可能是腰弯了吧。"

"您不好意思碰我，就挺胸和我保持距离跳舞了。"

"哦？这我可没想到。不至于吧？"

"可是……"

"或许是想让姿势优美些吧。我自己倒没察觉。"

"是吗？"

"你们总爱贴身跳舞，不雅观啊。"

"哟，瞧您说的，太绝情了。"

信吾觉得，上回跳舞英子越跳越来劲，有点忘乎所以。不过，她倒是挺天真的。没什么，大概是自己太顽固了吧。

"那么，下回我就紧紧地贴着你跳，去吗？"

英子低下头来，窃窃地笑了笑，说：

"我奉陪。不过，今天不行。这身打扮太失礼了。"

"我不是说今天呀。"

信吾看见英子穿着一件白衬衫，系着一条白色缎带。

白衬衫并不稀奇，也许是系了白色缎带的关系，显得白衬衫更加洁白了。她用一根稍宽的缎带把头发拢成一束，系在脑后，俨然一副台风天的打扮。

往常遮掩在秀发下的耳朵和耳后发际周围的肌肤都露了出来。苍白的肌肤上长满了漂亮的毛发。

她穿着一条深蓝色的针织薄裙子。裙子旧了。

这身装束，乳房小也不显眼。

"打那以后，修一没邀过你吗？"

"嗯。"

"真对不起啊。跟老爹跳过舞，就被年轻的儿子敬而远之，太可怜啦。"

"哟，瞧您说的。我会去邀他嘛。"

"你是说用不着担心？"

"您嘲弄我，我就不跟您跳舞了。"

"不是嘲弄。不过，修一被你发现了，就抬不起头来啦。"

英子有所反应。

"你认识修一的那个情妇吧？"

英子有点不知所措。

"是个舞女吧？"

英子没有回答。

"是个年纪较大的吧？"

"年纪较大？比您家的儿媳要大。"

"是个美人？"

"嗯，长得很标致。"英子吞吞吐吐地说，"不过，嗓门嘶哑得厉害。与其说嗓门嘶哑，不如说破裂了，好像发出双重声似的，他告诉我这声音很性感呢。"

"哦？"

英子还要接着细说下去，信吾真想把耳朵堵住。

信吾感到自己蒙受了耻辱，也厌恶修一的情妇和英子所露出的本性。

女人的嘶哑声很性感，这种话竟说得出口，信吾惊呆了。修一到底是修一，英子也毕竟是英子啊！

英子觉察到信吾的脸色，不言语了。

这一天，修一和信吾一起早早就回家，锁上了门，一家四口看电影《劝进帐》去了。

修一脱下长袖衬衫，更换内衣，这时候信吾发现他乳头和手腕上呈现一片红晕，心想说不定是台风之夜被菊子闹的呢。

扮演《劝进帐》的三位名角幸四郎、羽左卫门、菊五郎，现在都已成为故人了。

信吾的感受与修一和菊子是不同的。

"我们看了几回幸四郎扮演的辨庆？"保子问信吾。

"忘了。"

"你就会说忘了。"

街上洒满了月光。信吾仰望着夜空。

信吾突然觉得月亮在火焰中。

月亮四周的云，千姿百态，非常珍奇，不由得令人联想到不动明王背后的火焰、磷的火焰，或是这类图画上描绘的火焰。

然而，这云焰却是冰冷而灰白的，月亮也是冰冷而灰白的。信吾蓦地感受到了秋意。

月亮稍稍偏东，大致是圆的。月亮隐没在云焰里，云缘也烧得模糊不清了。

除了隐没了月亮的云焰之外，近处没有云朵。暴风雨过后的夜空，整夜都是黑魆魆的。

街上的店铺已经闭门，街上也是成夜冷落萧条。电影散场回家的人群前方，鸦雀无声，渺无人影。

"昨晚没睡好，今晚早点睡吧。"

信吾说着不觉感到几分寂寥，他渴望人体的温存。

不知怎的，他觉得决定人生的时刻终于到来了。事情咄咄逼人，必须做出决定了。

栗子

一

"银杏树又抽芽啦！"

"菊子，你才发现吗？"信吾说，"前几天我就看见了。"

"因为爸爸总是朝银杏树的那个方向坐嘛。"

坐在信吾斜对面的菊子，回头朝身后的银杏树扫视了一圈。

在饭厅里用餐时，一家四口的座位无形中已经固定下来了。信吾朝东落座；左邻是保子，面朝南；右邻是修一，面朝北；菊子是朝西，与信吾相对而坐。

南面和东面都有院落。可以说，这对老夫老妻占了好位置。用餐的时候，这两位女性的位置，也便于上菜和侍候。

不仅是用餐，就是四人在饭厅里的矮脚桌旁围坐的时候，也有固定的座位，这自然而然地成了习惯。

所以菊子总是背向银杏树而坐。

尽管如此，菊子竟没发现，这样一棵大树不合季节地抽出了幼芽。信吾不由得担心她内心是否留下了空白。

"打开木板套窗，或者清扫廊道的时候，不就可以看见了吗？"

信吾说。

"您说的倒也是。不过……"

"就是嘛。首先，从外面回来的时候，不是朝银杏树走过来的吗？不管你喜不喜欢，也是可以看见的嘛。菊子，你总是低着头走路，是不是一边走路，一边在沉思，心不在焉呢？"

"哟，真不好办啊。"菊子耸了耸肩膀说，"今后凡是爸爸看到的东西，不论什么，我都得注意要先看看啰。"

信吾听了这句话，觉得有点悲戚。

"这怎么行呢？"

自己所看到的东西，不论什么，都希望对方先看到，信吾这一生中就不曾有过这样的情人。

菊子依旧望着银杏树。

"那边山上，有的树也在抽芽呢。"

"是啊。还是那棵树吧。大概暴风雨把树叶都刮跑了。"

信吾家的后山，一直延伸到神社所在的地方。这座小山的一端成为神社的界内。银杏树就耸立在神社的界内。从信吾家的饭厅望去，像是山上的树。

一夜之间，这棵银杏树被台风刮成了一棵秃树。

银杏树和樱花树的树叶被台风刮得精光了。在信吾家附近，银杏树和樱花树可算是大树了，也许是树大招风，也许是树叶子柔弱经不住风吹雨打。

樱花树原先还残存着一些枯枝败叶，但现在也落光，成了秃树。

后山竹子的叶也枯萎了。大概是近海，风中含有盐分的缘故吧。有些竹子被风刮断，飞落在院落里。

大棵的银杏树又抽新芽了。

从大街拐进小巷，信吾便朝这棵银杏树的方向走回家，所以每天都可以望见。从家中的饭厅里也可以窥见。

"银杏树还是比樱花树强壮啊。我边想边看，难道长寿树真的是不一样吗？"信吾说。

"到了秋天，那样一棵老树还要再一次长出嫩叶，不知得花多大的力气啊。"

"可是，树叶不是很寂寞吗？"

"是啊。我望着它，心里想，它可以长得像春天里萌生的叶子那么大吗？其实它是很难长大的。"

树叶不仅很小，而且稀稀拉拉。长得盖住枝丫的并不多。叶子似乎很薄，颜色也不怎么绿，呈浅黄色。

感觉秋天的晨曦还照在光秃的银杏树上。

神社的后山上植有许多常绿树。常绿树的叶子还经得住风吹雨打，毫不受损伤。

有的常绿树，在亭亭如盖的树梢上长出了嫩叶。

菊子发现了这些嫩叶。

保子可能是从厨房那边走进来的，那里传来了自来水的流水声。她在说些什么，流水声大，信吾没有听清楚。

"你说什么？"信吾扬声说。

"她说胡枝子开得很艳丽呢。"菊子搭上了一句。

"哦。"

"她说芒草也开花了。"菊子又转达了一声。

"哦。"

保子还在说什么。

"别说了，听不见。"信吾生气地嚷了一句。

菊子低下头来，抿嘴笑着说："我来给你们当口头翻译吧。"

"当口头翻译？反正是老太婆自言自语。"

"她说她昨晚梦见老家的房屋已经破破烂烂了。"

"嗯。"

"爸爸怎么回答？"

"我只能答声'嗯'啰。"

自来水声止住了。保子在呼喊菊子。

"菊子，请你把这些花插好。我觉得很漂亮，就把它们摘了下来。拜托你了。"

"嗯。让爸爸先看看。"

菊子抱着胡枝子和芒草走了过来。

保子洗了洗手，润湿那只信乐花瓶，然后拿进来。

"邻居家雁来红的颜色也很美啊。"保子说着坐下来。

"种向日葵的那家也种雁来红哩。"信吾边说边想起那漂亮的葵花被暴风雨打得七零八落。

向日葵连花带茎足有五六尺长，被狂风刮断，倒在路旁。花凋落已经好几天了，恍如人头落了地。

葵花冠四周的花瓣首先枯萎，粗茎也因失去水分而变了颜色，沾满了泥土。

信吾上下班，都从落花上跨过，却不想看它一眼。

落下了葵花冠之后，葵花茎的下截依然立在门口，没有叶子。

旁边的五六株雁来红成排并立，鲜艳夺目。

"附近的人家都没有种邻居的那种雁来红呀。"保子说。

二

保子所说的梦见老家的房屋已经破破烂烂，是指她的娘家。

保子的双亲作古之后，那些房屋已经好几个年头没人居住。

父亲让保子继承家业，才让姐姐出嫁的。对一向疼爱姐姐的父亲来说，这是违心之举。这大概是美貌的姐姐出于可怜保子，恳求父亲这样做的吧。

所以姐姐死后，保子到姐姐的婆家去帮忙，并打算做姐夫的填房。由此看来，父亲对保子感到绝望了吧。保子之所以产生这种念头，她的父母和家庭也是负有责任的。说不定她父亲也悔恨不已。

保子和信吾结婚，父亲似乎感到很高兴。

看来父亲决心在家业无人继承的情况下度过他的残年。

现在的信吾，比当年保子出嫁时她父亲的年龄还大。

保子的母亲先离去，待到父亲辞世之后，大家才晓得田地都卖光了，剩下的仅有山林和屋宇。也没有什么称得上是古董的东西。

这些遗产虽然全记在保子的名下，可后来都委托老家的亲戚照管了。大概是靠砍伐山上的树木缴纳税金的吧。长期以来，保子没有为老家支付过分文，也没有从老家得到过半点什么。

一个时期，因为战争，不少人疏散到这里来。那时节，也有人提出要把这些东西买下来，信吾体谅保子留恋的心情，就没有出手。

信吾和保子的婚礼就是在这幢房子里举行的。这是她父亲的希望：我把剩下的一个女儿交给你，作为补偿，请在我家里举办结婚仪式。

信吾记得，在酒宴上交杯的时候，有颗栗子掉落下来。

栗子打在一块大点景石上。可能是斜面的角度的关系，栗子蹦得很远，落在溪流里。栗子击在点景石上又飞开的景象，格外地美。信吾差点"啊"的一声喊出来。他环视了一圈宴席上的人。

似乎没有人留意到一颗栗子掉落下来的事。

翌日清早，信吾走到溪流边，发现栗子就落在溪畔。

这里有好几颗落下的栗子，不见得就是婚礼时掉落的那一颗。信吾捡起栗子，一心想告诉保子。

信吾转念又想：自己简直像个孩子。再说，保子还有其他人听了，能相信这就是那颗栗子吗？

信吾将栗子扔在河岸边的草丛里了。

与其说信吾担心保子不相信，不如说惧怕保子的姐夫耻笑。

倘使这个姐夫不在场，昨天的婚礼上信吾也许会说栗子掉落下来了。

这个姐夫出席了婚礼，信吾有一种压迫感，像是受到屈辱似的。

保子的姐姐结婚后，信吾仍然憧憬着她。他心中总觉得对姐夫有愧。就是姐姐病逝，信吾和保子结了婚，他内心仍然难以平静。

况且保子更是处在受屈辱的地位。姐夫佯装不知保子的心意，变相地把她当作体面的女佣来使唤，这样看也未尝不可。

姐夫是亲戚，请他来参加保子的婚礼是理所当然的。不过，信吾有愧，没朝姐夫那边望一眼。

事实上，即使在这样的宴席上，姐夫依然是个耀眼夺目的美男子。

信吾感到，姐夫落座的地方，四周仿佛在闪光。

在保子看来，姐姐和姐夫是理想王国里的人。信吾和这位保子结婚，就已经注定他赶不上姐夫他们了。

信吾还觉得姐夫似是居高临下，冷漠地俯视着自己和保子的婚礼。

信吾错过机会，没有说出掉落一颗栗子这样琐碎的小事。这阴暗的情绪日后一直残留在他们夫妇生活的某个角落里。

房子出生的时候，信吾悄悄企盼着：但愿她能长得像保子的姐姐那样美。这个愿望，不能对妻子说。然而，房子这位姑娘长得比她母亲还丑。

按信吾的说法，姐姐的血统没有通过妹妹承传下来。他对妻子有点失望了。

保子梦见老家之后，过了三四天，老家的亲戚来电报通知房子带孩子回老家了。

菊子接到这封电报，便交给了保子。保子等待着信吾从公司回家。

"做老家的梦，大概是一种预感吧。"保子说罢，望着信吾读电报，显得格外沉着。

"嗯，她回老家去了？"

信吾首先想到，这样一来，她大概也就不会寻死了。

"可是，她为什么不回这个家呢？"

"她是不是觉得如果回到这儿来，相原会马上晓得呢？"

"那么，相原就会到这儿来说三道四吗？"

"不。"

"看样子，双方的关系已经不行了。妻子带着孩子出门，可……"

"不过，房子回娘家，也许像上回一样，事先向他打过招呼呢。从相原来说，他大概也不好意思上咱家来吧。"

"总之，这事不妙啊！"

"她怎么竟想到回老家呢，真令人惊讶啊。"

"到咱家来不是更好吗？"

"还说什么'更好'呢，你跟她说话很冷淡哩。我们应该知道，房子回不了自己家，是怪可怜的呀。父母和子女竟变成这种样子，我感到很悲凉啊。"

信吾紧锁双眉，翘着下巴颏儿，一边解领带一边说：

"哦，等一等。我的和服呢？"

菊子给他拿来了更换的衣服。她抱起信吾换下的西装默默地走开了。

这段时间，保子一直耷拉着脑袋。菊子关上隔扇门离去以后，保子才望着隔扇门，喃喃自语：

"就说菊子吧，她未必就不会出走。"

"难道父母要对子女的夫妻生活永远负责吗？"

"因为你不懂得女人的心理……女人悲伤的时候，跟男人不一样啊。"

"可是，怎能认为女人都懂得女人的心理呢？"

"就说今天修一不回家吧，你为什么不跟他一起回来呢？你一个人回来，让菊子侍候你换西装，这样做……"

信吾没有回答。

"就说房子的事吧，你不准备跟修一商量一下吗？"保子说。

"干脆让修一回老家把房子接回来吧。"

"让修一到老家把房子接回来，房子也许不高兴呢。修一看不起房子。"

"事到如今，说这些也不中用。星期六就让修一去吧。"

"到老家也是去丢丑啦。我们也没有回去，仿佛同老家断绝了关系。在那里，房子也没有可依靠的人，她怎么就去了呢？"

"在老家，不知她住在哪家了。"

"大概住在那幢空房里。不至于去打搅婶婶家吧。"

保子的婶婶该是年过八旬了。当家的堂弟跟保子几乎没什么来往。这家究竟有几口人，信吾回想不起来了。

房子怎么会逃到保子所梦见的破破烂烂的荒芜的家里去了呢？信

吾觉得毛骨悚然。

三

星期六早晨，修一和信吾一起走出家门，顺便去公司一趟。距火车开车还有一段时间。

修一来到父亲的办公室里，对女办事员英子说：

"我这把伞存放在这儿。"

英子微歪着脑袋，眯缝着眼睛问道：

"出差吗？"

"嗯。"

修一放下皮箱，在信吾前面的椅子上坐下来。

英子的视线仿佛一直跟踪着修一。

"听说天气要变冷，请注意身体。"

"嗯。嗯。"修一一边望着英子，一边对信吾说，"今天约好和她去跳舞了。"

"是吗？"

"让老爹带你去吧。"

英子脸上飞起一片红潮。

信吾也懒得说什么了。

修一走出办公室的时候，英子拎着皮箱，准备相送。

"不必了，不像样子。"

修一把皮箱夺了过来，在大门外消失了。

剩下英子一人，她在门前做了一个不起眼的小动作，然后无精打采地回到自己的座位上。

信吾无心判断她究竟是不好意思呢，还是故作姿态。但她的肤浅，倒使信吾轻松安乐了。

"难得约好了，真遗憾。"

"最近他常常失约呢。"

"让我来代替他吧。"

"啊？"

"不方便吗？"

"哎哟！"

英子抬起眼睛，显得十分惊讶。

"修一的情妇在舞场吧？"

"没有这回事。"

关于修一的情妇，先前信吾从英子那里只听说过她那嘶哑声很性感，更多的情况，再没有探听出来。

连信吾办公室里的英子也见过那个女人，修一的家人却反而不认识她，或许这是司空见惯的事吧。不过，信吾难以理解。

尤其是看到眼前的英子，更是难以理解。

一看英子就像是个轻浮的女人。尽管如此，在这种场合，她仿佛是一幕人生沉重的帷幔立在信吾的面前。她在思考什么呢？不得而知。

"那么，你被带去跳舞，见过那个女人吗？"信吾说得似乎很轻松。

"见过。"

"经常见吗？"

"也不经常。"

"修一给你介绍了吗？"

"谈不上什么介绍。"

"我真不明白，会见情人也把你带去，是想让人吃醋吗？"

"像我这样的人，不会构成阻碍的。"说罢，英子缩了缩脖子。

信吾看穿英子对修一抱有好感，也产生过妒忌，便说：

"你可以阻碍一下嘛。"

"哎哟！"

英子把头耷拉下来，笑了笑。

"对方也是两个人呢。"

"什么？那个女人也带个男人来？"

"是带个女伴，不是男人。"

"哦，那就放心了。"

"哟。"英子望了望信吾，"这女伴是跟她住在一起的。"

"住在一起？两个女人租一间房？"

"不是。房子虽小，却蛮别致的。"

"什么呀，原来你已经去过了。"

"嗯。"

英子支吾其词。

信吾又吃了一惊，有点着急地问道：

"那家，在什么地方？"

英子倏地脸色刷白，嘟囔了一句：

"真糟糕！"

信吾哑然不语。

"在本乡的大学附近。"

"是吗？"

英子像要摆脱压迫似的说：

"那住宅坐落在一条小巷里，地方比较昏暗，但蛮干净的。另一个女伴长得真标致，我很喜欢她。"

"你说的另一个女伴，不是修一的情人，是另一个女人吗？"

"嗯，是个文雅的女子。"

"哦？那么，这两个女人是干什么的呢？两人都是单身？"

"哦，我不太清楚。"

"就是两个女人一起生活吧？"

英子点了点头，用略带撒娇的口吻说："我不曾见过那般文雅的女子，真恨不得每天都见到她。"

这种说法，听起来令人觉得英子是不是想通过那个女子的文雅来宽恕自己的什么呢。

信吾深感意外。

他不禁寻思：英子是不是企图通过赞美那同居的女伴，达到间接贬低修一的情人的目的呢？她的真心实在难以捉摸。

英子把视线投向窗外。

"阳光照进来啦。"

"是啊。开点窗吧。"

"他把雨伞存放在这儿的时候，我还担心不知天气会怎么样呢。没想到他一出差，就遇上好天气，太好了。"

英子以为修一是为公司的事出差的。

英子依然扶着推了上去的玻璃窗，站了一会儿。衣服一边的下摆提起来了。神态显得有点迷惘。

她低着头折回来。

勤杂工手里拿着三四封信进来。

英子接过信，放在信吾的办公桌上。

"又是遗体告别？真讨厌。这回是鸟山？"信吾自言自语，"今天下午两点。那位太太不知怎么样了。"

英子早已习惯于信吾这种自言自语，她只悄悄地瞥了信吾一眼。

信吾微张着嘴，有点呆愣。

"要参加遗体告别式，今天不能去跳舞了。"

"听说这个人在妻子更年期时受尽折磨呢，他妻子不给他饭吃。真的不给他饭吃。只有早晨嘛，还凑合，在家吃过早餐再出门，可她并没有给丈夫准备任何吃的。孩子们的饭端上来了，丈夫就背着妻子，偷偷摸摸地吃。傍晚因为怕太太，不敢回家，每晚都闲逛，要么看电影，要么就进曲艺场，待到妻子儿女都入睡了，他才回家。孩子们也都站在母亲一边，欺负父亲。"

"为什么呢？"

"不为什么，更年期反应呗。更年期真可怕。"

英子似乎觉得自己在受嘲弄。

"但是，做丈夫的恐怕也有不是的地方吧。"

"当时他是一个很了不起的官员，后来进了民营公司任职。按其身份，遗体告别好歹得借寺庙来举办，所以相当讲究。他当官的时候也不放荡。"

"他供养全家人吧。"

"那是当然。"

"我不明白。"

"是啊，你们是不会明白的。一个五六十岁的堂堂正正的绅士竟怕老婆，以致不敢回家，半夜三更还在外头徘徊，这种人有的是啊。"

信吾试图回忆起鸟山的容颜，可怎么也无法清晰地回忆起来。他大概已有十年没见过鸟山的面了。

信吾在想，鸟山大概是在自己的宅邸里辞世的吧。

四

信吾烧过香后就站在寺庙的门旁，他以为在鸟山的遗体告别式上会遇上大学时代的同学，可是一个也没有看见。

会场上也没有像信吾这么大岁数的来宾。

也许是信吾来晚了吧。

往里窥视，只见站立在正殿门口的队列开始移动，人们散去了。

家属都在正殿里。

正如信吾所想象的，鸟山的妻子还活着，大概站在灵柩紧跟前的那个瘦削的女子就是她了吧。

她染过头发。不过，好像好久没染了，发根露出了斑白来。

信吾向这位老妇低头施礼的时候想到：大概是鸟山长期患病，她来护理，没有工夫染发的缘故吧。当他转向棺椁烧香时，不由得喃喃地说：谁知道实际情况又怎么样呢？

这就是说，信吾登上正殿的台阶，向遗属施礼的时候，全然忘却了鸟山被妻子虐待的事。可是，转身向死者致礼的时候，又想起这件事来了。他暗自吃惊。

信吾不瞧遗属席上的鸟山夫人一眼，就从正殿里走了出来。

吃惊的倒不是鸟山和他的妻子，而是自己这种奇怪的健忘。他带着几分厌烦的情绪，从铺石路上又折了回来。

信吾心头泛起一种忘却感和失落感。

了解鸟山夫妻之间的情况的人寥寥无几。纵令还有少数了解的人健在，也都失去了记忆。剩下的人，只有任凭鸟山的妻子随便回忆了。大概不会有第三者去认真地追忆这些事了吧。

信吾也曾参加过六七个同学的聚会，一谈到鸟山的往事，都没有人愿意认真去追忆，只是一笑置之。谈起往事的那个人也只对讽刺和夸张兴致勃然，仅此而已。

当时参加聚会的人，有两位比鸟山先逝了。

现在信吾心想，鸟山的妻子为什么要虐待鸟山？鸟山为什么又会受到妻子虐待？恐怕连当事人鸟山和他的妻子都不甚了了吧。

鸟山带着不明不白奔赴黄泉了。遗下的妻子也会觉得这些已成过去，成为不在人世的鸟山的过去了。鸟山的妻子也会带着不明不白告别人间吧。

据说，那位在同学聚会上谈及鸟山往事的人家里，收藏着四五张传世的古老的能剧面具，鸟山到他家时，他拿出来让鸟山欣赏，鸟山长时间一动不动地观看着。据这个人说，鸟山初次观看，对能剧面具并不怎么感兴趣，恐怕只因回不了家，为了消磨时间才来看的吧。因为他妻子入睡以前，他是回不了家的。

眼下信吾思忖：一个年过半百的一家之主，每天晚上这样徘徊街头，是在沉思什么吧。

摆设在遗体告别会上的鸟山的照片，可能是当官时过新年或什么节日时拍摄的，他身穿礼服，一张温和的圆脸。可能经过照相馆修饰了，看不见有什么阴影。

鸟山这副温和的容貌显得很年轻，同站在灵柩前的妻子很不相称。只能认为是妻子被鸟山折磨得衰老了。

鸟山的妻子个子矮小，信吾俯视着她那已经斑白的发根。她微微地耷拉着一边肩膀，面容非常憔悴。

鸟山的儿女以及可能是他们的爱人的人，并排站在鸟山的妻子身旁。信吾没有留意看他们。

信吾守候在寺庙门口，打算遇见旧友，就问一句："你家情况怎么样？"倘使对方反问同样的话，他想这样回答："还算凑合，至少到目前还平安无事，只是不凑巧，女儿家和儿子家还安定不下来。"

就算彼此推心置腹地表白一番，彼此也都无能为力，更不愿多管闲事。顶多只是边走边谈，到电车站就分手。

就是这点，信吾也渴望得到。

"就说鸟山吧，他已经死了，什么受妻子虐待这类事不是全都无影无踪了吗？"

"鸟山的儿女家庭美满和睦，这也是鸟山夫妇的成功吧。"

"现今，父母对子女的婚姻生活究竟应该负多大的责任呢？"

信吾喃喃自语，本想向老同学倾诉一番，可不知怎的，瞬间竟有各种杂思浮现在他的心头。

成群的麻雀在寺庙大门的房顶上啁啾鸣啭。

它们划出一个弓形飞上了房顶，又划出一个弓形飞去了。

五

从寺庙返回公司，早已有两个客人在那里等候了。

信吾让人从背后的橱柜里把威士忌拿出来，倒在红茶里。这样对记忆力多少也有点帮助。

他一边接待客人，一边回想起昨天早晨在家里看见的麻雀。

麻雀就在后山山麓的芒草丛中，在啄食芒草的穗儿。它们是在啄食芒草的穗儿呢，还是在吃虫子？信吾正在思索，忽然发现原来以为是麻雀群的鸟，其中还混杂着黄道眉。

麻雀和黄道眉混杂在一起，信吾更加留意观看了。

六七只鸟从这棵穗儿飞到另一棵穗儿，闹得芒草的穗儿摇曳不止。

三只黄道眉比较老实，很少飞来飞去，不像麻雀那样慌里慌张。

从黄道眉翅膀的光泽和胸毛的色彩来看，可以认定它们是今年的鸟。麻雀身上像是沾满了灰尘。

信吾当然喜欢黄道眉。正像黄道眉和麻雀的鸣声不同，反映出它们的性格不同一样，它们的动作也显示出性格的差异。

信吾久久地观望着它们，心想，麻雀和黄道眉是不是在吵架呢？

然而，麻雀归麻雀，它们互相呼应，交错飞来飞去。黄道眉归黄道眉，它们相互依偎，难分难舍，自然成群，偶尔混在一起，也没有吵架的迹象。

信吾折服了。时值早晨洗脸的时分。

大概是那会儿看到庙门上的麻雀才想起来的吧。

信吾送走客人，把门关上，转身就对英子说：

"喂，带我到修一的那个女人家里去吧！"

和客人谈话的时候，信吾就想着这件事。对英子来说，却是来得意外。

英子满脸不悦，哼了一声，表现出反抗的样子。可她很快又露出沮丧的神色，用生硬的声音冷漠地说：

"去干什么？"

"我不会给你添麻烦的。"

"您要去见她吗？"

信吾并不想今天就去见那个女人。

"待修一回来后，再一起去不行吗？"英子沉着地说。

信吾觉得英子是在冷笑。

上车以后，英子一直缄口不语。

信吾觉得光是羞辱了英子，蹂躏了她的情感，心情就够沉重的了，何况同时也羞辱了自己和儿子修一。

信吾不是没有遐想过，趁修一不在家期间把问题解决了。但是，他察觉到这是停留在空想上。

"我觉得，如果要谈，就和她同居的女友谈好啰。"英子说。

"就是那个文静的女人吗？"

"嗯。我请她到公司来好吗？"

"好啊。"信吾含糊其词地说。

"修一在她们家里喝酒，喝得酩酊大醉，闹得不可开交哩。还让她唱歌，她用悦耳的声音唱了，唱得绢子都哭了。把绢子都唱哭了，可见绢子是很听她的话呢。"

英子这种说法很巧妙，她说的绢子大概就是修一的情妇吧。

信吾不知道修一也会这样撒酒疯。

他们在大学前下了车，拐进了一条小巷。

"如果修一知道这件事，我就无法到公司去了，请您让我辞职吧。"英子低声说。

信吾不禁一阵寒栗。

英子停住脚步。

"从那堵石墙旁边绕过去，第四间挂有'池田'名牌的那家就是。她们都认识我，我就不去了。"

"给你添麻烦了，今天就算了吧。"

"为什么？都到跟前了……只要您府上能和睦相处，不是挺好吗？"

英子的反抗，也让信吾感到了憎恶。

英子说的石墙，其实是一堵混凝土墙。庭院里种了一棵大红叶。

一绕过这户家宅的犄角，第四间便是挂有"池田"名牌的小旧房了。这房子没有什么特色。房门朝北，非常昏暗。二楼的玻璃门关闭着，没有任何声音。

信吾走了过。没有什么东西值得注意的。

一走过去，他就泄气了。

这户人家究竟会隐藏着儿子怎样的生活呢？信吾认为这户人家没

有什么值得自己贸然闯进去，也不会有收获。

信吾从另一条路绕了回去。

英子已经不在刚才的地方了。他走到刚才下车的大街上，也没有找到英子。

信吾回到家里来，看见菊子的脸色很难看。

"修一顺便去了公司一趟，一会儿就走了。赶上个好天气，太好了。"信吾说。

他疲惫不堪，早早就钻进被窝里。

"修一向公司请了几天假？"保子在饭厅里问道。

"哦，我可没有问。但只是把房子接回家来，顶多两三天吧。"信吾在被窝里回答。

"今天，我帮着菊子把棉被都絮好了。"

信吾心想，房子将带着两个孩子回到家里来，往后菊子又得操劳了。

他一想到让修一另立门户，脑海里就浮现出在本乡看见的修一的情妇的家。

信吾还想起英子的反抗来。英子虽然每天都在信吾身边，可他从未见过英子那样强烈的反应。

菊子的强烈反应，大概还没有表现出来吧。保子曾对信吾说过：她生怕爸爸为难，也就不敢吃醋。

很快就进入梦乡的信吾被保子的鼾声惊醒了，他捏住保子的鼻子。

保子仿佛早就醒了似的说：

"房子还会拎着包袱回家来吧？"

"可能是吧。"

谈话到此中断了。

海岛的梦

一

野狗在地板底下下崽了。

"下崽"这种说法，有点冷漠。不过，对信吾一家来说，的确如此。因为那只野狗是在全家人都不知道的情况下，在地板底下下崽的。

"妈妈，昨日和今天阿照都没来，是不是下崽了？"七八天前，菊子在厨房里对保子说过这样一句话。

"难怪没见它的影儿呢。"保子漫不经心地回答。

信吾把腿脚伸在被炉里，沏了一杯玉露茶。从今年秋上，信吾养成了每天早晨喝玉露茶的习惯，而且都是自己动手沏的。

菊子一边准备早餐，一边说阿照的事，她的话也就谈到这里了。

菊子跪坐下来，把一碗酱汤端到信吾面前。这时，信吾斟了一杯玉露茶，说：

"喝一杯吧。"

"好，我这就喝。"

这是破例的做法，菊子一本正经地席地而坐。

信吾望着菊子说：

"腰带和外褂上都是菊花图案呀，盛开菊花的秋季过去了。今年，房子的事闹得连菊子的生日都给忘了呀。"

"腰带上的图案是四君子嘛，全年都可以系的。"

"什么叫四君子？"

"梅兰菊竹呗……"菊子爽朗地说，"爸爸，您只需看看就明白了。画册上有，和服也常常用呢。"

"那图案多么贪婪啊！"

菊子放下了茶杯，说：

"真好喝啊。"

"喏，喏，不记得是谁家了，作为香奠的回礼送来了玉露茶，我才又喝起茶来的。从前喝了不少玉露茶哩。家里是不喝粗茶的。"

这天早晨，修一先到公司去了。

信吾在门厅一边穿鞋，一边竭力追忆作为香奠的回礼送来了玉露茶的朋友的名字。其实问问菊子就知道，可他却没询问，因为这朋友是带着一个年轻女子到温泉旅馆去，在那里猝然逝去的。

"的确，阿照没有来。"信吾说。

"是的，昨天和今天它都没来。"菊子答道。

有时候，阿照听到信吾要出门的声音，就会绕到门厅，尾随信吾走到大门外。

信吾想起前些日子，菊子还在门厅抚摸过阿照的腹部。

"鼓鼓的，令人毛骨悚然呀。"菊子双眉颦蹙，仿佛是在探摸胎儿。

"有几只？"

阿照用莫名的白眼瞥了菊子一眼，而后躺在一旁，腹部朝上。

阿照的腹部并没有鼓得像菊子所说的那样令人毛骨悚然。皮稍薄的腹部下方呈粉红色，乳根等地方满是污垢。

"有十个乳房吗？"

菊子这么一说，信吾也就用眼睛数了数狗的乳房。最上面的一对很小，像是干瘪了。

阿照是有饲主的，脖颈上套着一块执照牌。大概饲主没有好好喂养，它才变成野狗了。它常在饲主附近的别家厨房门口转悠。菊子早晚餐多做一点，将残羹剩饭给阿照一份。从此以后，阿照待在信吾家的时间就多了。夜半常常能听见它在庭院里吠叫，不免让人感到阿照似乎总待在信吾家。菊子却没有认为它是自家的狗。

再说，每次下崽，它总是回到饲主家里。

菊子所说的昨日和今天它都没来，大概指这次它也是回到饲主家里下崽了吧。

它回到饲主家里下崽，信吾不知怎的，总是觉得可怜。

这次狗是在信吾家的地板下面下崽的。时过十天，谁也没有发觉。

信吾和修一一起从公司回到家里，菊子就说：

"爸爸，阿照在咱家下崽了。"

"是吗？在哪儿？"

"在女佣房间的地板底下。"

"嗯。"

如今没有雇用女佣，三叠大的女佣房间用作储藏室，放置杂物。

"看见阿照走到女佣房间的地板底下，我就去偷看，好像有狗崽呢。"

"嗯。有几只？"

"黑的，看不清。是在紧里面。"

"是吗？在咱家下崽的吗？"

"这之前，妈妈说她发现阿照有点异常，总在储藏室周围来回转悠，像是在刨土，原来它是在找地方下崽。要是给它放些稻草，它会在储藏室里生产的。"

"狗崽子长大，就麻烦啰。"修一说。

阿照在自己家里下崽，信吾虽怀有好意，可脑海里一浮现这些狗崽子不好收拾而把它们扔掉的情景，就又觉得厌烦起来。

"听说阿照在咱家下崽了？"保子也说。

"听说是。"

"是在女佣房间的地板底下吧。只有女佣房间没人居住，阿照可能也考虑到了。"

保子把腿脚伸在被炉里，微皱双眉，仰视了信吾一眼。

信吾也把腿脚伸进被炉里，喝罢粗茶，对修一说道：

"哦，以前你说过谷崎要给我们介绍女佣，现在怎么样啦？"

信吾又自斟了第二杯粗茶。

"爸爸，那是烟灰缸。"修一提醒说。

信吾误把茶斟在烟灰缸里了。

<h2 style="text-align:center">二</h2>

"我终于爬不上富士山了，老了！"信吾在公司里嘟囔了一句。

这句话是突然冒出来的，他觉着蛮有意思，嘴里就反复嘟囔了几遍。

也许是昨夜梦见松岛，才冒出这句话来的吧。

信吾没有去过松岛，竟然梦见松岛，今早他觉得有点不可思议。

信吾这才察觉到，到了这把年纪，自己还未曾去观赏过日本三景中的松岛和天桥立[1]。因公出差九州，中途下车去看安艺的宫岛[2]，

1　京都府宫津市宫津湾的沙洲。

2　即严岛，位于广岛湾西南，也是日本三景之一。

·那是在过了游览季节的一个冬天。

一到清晨，梦只残留片段的记忆了。不过，岛上松树的色彩、海的色彩却鲜明地留了下来。那里就是松岛这个印象也很明晰。

在树荫下的草地上，信吾拥抱着一个女子。他们怯怯地躲藏起来。两人好像是结伴而来。女子非常年轻，是个姑娘。自己的年纪已经记不清楚了。从与这个女子在松树丛中奔跑的情形看来，信吾应该也很年轻。他拥抱着女子，感受不到年龄的差距。信吾就像年轻人那样做了。但是，也不觉着自己变得年轻，也不觉着这是往事。如今信吾已是六十二岁，梦中却是二十多岁的样子。这就是梦的不可思议。

伙伴的汽艇远远地驶去了。一个女子独自站在这艘艇上，频频地挥动着手帕。在海色的衬托下，手帕的白色，直至梦醒还留下鲜明的印象。信吾和女子两人单独留在小岛上，却丝毫也没有什么惶惶不安的感觉。信吾看得见海上的汽艇，可他总认为从汽艇上是看不见他们隐藏的地方的。

就在梦见白手绢的地方醒过来了。

清早一觉醒来，不知道梦见的那个女子是谁。姿影已了无印象，连触感也没有留下。只有景物的色彩是鲜明的。那里为什么是松岛？为什么会梦见松岛？这也不得而知。

信吾没有见过松岛，也没有坐汽艇到过无人的小岛上。

本想探问家里人，梦中梦见颜色是不是神经衰弱的表现，可他欲言又止。他觉得做了拥抱女子的梦，这是怪讨厌的。只是，梦见如今的自己变得年轻，倒是合情合理，是很自然的。

梦中的时间是不可思议的。它使信吾获得了某种慰藉。

信吾心想，倘使知道那个女子是谁，这种不可思议就可以迎刃而解吧。在公司里，他一支接一支不停地抽着香烟。这时，传来了轻轻的敲门声。门开了。

"早上好！"铃本走了进来，"我以为你还没来呢。"

铃本摘下帽子，挂在那里。英子赶紧站起来，准备接过他的大衣，可他没有脱大衣，就坐到了椅子上。信吾望着铃本的秃头，觉得滑稽可笑。耳朵上的老人斑也增多了，显得很肮脏。

"一大早的，有何贵干？"

信吾忍住笑，望了望自己的手。根据季节，信吾的手从手背到手腕也时隐时现一些老人斑。

"完成了极乐往生的水田……"

"啊，水田。"信吾回想起来了，"对，对，作为水田的香奠回礼，我领受了玉露茶，这才恢复了喝玉露茶的习惯。送给我的是上等玉露茶啊。"

"玉露茶固然好，但极乐往生更令人羡慕。我也听说过那样的死法，但水田不愿意那样死。"

"嗯。"

"不是令人羡慕吗？"

"像你这号人又胖又秃，大有希望哩。"

"我的血压并不太高。听说水田就怕脑出血，不敢一人在外过夜。"

水田在温泉旅馆里猝然逝去了。在葬礼的仪式上，他的老朋友们都在悄悄议论铃本所说的极乐往生的事。但不能说水田是带着年轻女子住旅馆，就推测水田的死是极乐往生。怎么能那样推测呢？事后想想，有点蹊跷。但是，当时大家都有一颗好奇心，都想知道那个女子会不会来参加葬礼。有人说，这女子是会终生难过的。也有人说，倘使这女子真心爱这男人，这也是她的本愿吧。

现在六十多岁的这一伙人，大都是大学的同届同学，他们用书生的语言海阔天空地胡说了一通。信吾认为这也是老丑的一种表现。如今他们彼此仍以学生时代的绰号或爱称相称，这不仅是因为彼此了解年轻时代的往事，有一种亲切的怀念的感情，同时也掺杂着一种老朽的利己主义的人情世故，这些就令人讨厌了。水田把先逝的鸟山当作了笑料，如今别人也把水田的死当作了笑柄。

参加葬礼的时候，铃本执拗地谈论极乐往生。信吾想象他如愿实现这种死法的情景，就不寒而栗，说：

"这把年纪，也未免太不像样了。"

"是啊。像我们这些人也不会再做女人的梦啦。"铃本也平心静气地说。

"你爬过富士吗？"信吾问道。

"富士？富士山吗？"

铃本显露诧异的神色。

"没爬过。这是什么意思？"

"我也没爬过。结果没有爬过富士山，人就老了。"

"你说什么？莫非有什么猥亵的意思？"

"别胡说。"信吾忍不住笑了起来。

英子把算盘放在靠房门口的桌子上，她也窃窃地笑了。

"这样看来，没爬过富士山，也没观赏过日本三景就了结一生的人，出乎意料地多啊。日本人当中，爬过富士山的占百分之几呢？"

"这个嘛，恐怕不到百分之一吧。"

铃本又把话头拉了回来。

"可话又说回来，像水田这样幸运的人，恐怕是几万人之一，甚至几十万人之一啰。"

"这就像中彩票。不过，遗属也不会高兴的吧。"

"嗯，其实，我就是为了他的遗属而来。水田的妻子找我来了。"铃本言归正题，"托我办这件事。"

铃本边说边将桌上的小包裹解开。

"是面具，能剧的面具。水田的妻子希望我把它买下来，所以我想请你给看看。"

"面具这玩意儿，我不识货啊。如同日本三景，虽然知道是在日本，但自己还没看过呢。"

有两个装面具的盒子。铃本从口袋里将面具拿了出来。

"据说这个叫慈童[1]，这个叫喝食[2]。两个都是儿童面具。"

"这是儿童？"

信吾拿起喝食面具，抓住穿过两边耳孔的纸绳观赏。

"上面画了刘海儿，是银杏形。这是举行元服[3]前的少年。还有酒窝呢。"

"嗯。"

信吾很自然地把两只胳膊伸得笔直，然后对英子说：

"谷崎君，请把那儿的眼镜递给我。"

"不用，你呀，这样就行了。能剧面具嘛，据说观赏的时候，要把手抬高一点。按我们老花眼的距离，应该说这样正合适。再说，面具眼睛朝下看，面带愁容……"

"很像某一个人。是写实的。"

铃本解释，人们说面具眼睛朝下，面带愁容，表情显得忧郁；眼睛朝上，面部生辉，表情就显得明朗。让它左右活动，据说是表示心潮的起伏。

---

1 日本能剧的面具之一，象征品格高尚的少年。

2 日本能剧的面具之一，象征英俊青年。

3 日本男子成人时的冠礼。

"很像某一个人呢。"信吾又嘟哝了一句，"很难认为是个少年，倒像个青年哩。"

"从前的孩子早熟。再说，所谓童颜，在能剧里显得滑稽。仔细地瞧，是个少年呢。慈童，据说是个精灵，是永恒少年的象征。"

信吾按照铃本所说的，活动着慈童的面具，欣赏了一番。

慈童的刘海儿是河童[1]的发型。

"怎么样？买下来吧？"铃本说。

信吾将面具放在桌面上。

"人家拜托你，你就买下吧。"

"嗯，我已经买了。其实水田的老婆带来了五具，我买了两具女面具，另一具硬塞给了海野，剩下的就拜托你啦。"

"什么？是剩下的？自己先留女面具，也未免太任性啦。"

"女面具好吗？"

"就是好也没有了。"

"那么，把我的带来也可以啊。只要你买，就是帮了我的大忙。水田是那样的死法，我一看到他妻子的脸，就不由得觉得她太可怜，无法推掉啊。据说，这两具面具的做工要比女面具好。永恒的少年，不是挺好的吗？"

1　日本民间传说中一种想象的动物，水陆两栖，类似幼儿形。

"水田已经故去。鸟山在水田那里曾长时间地观赏过这具面具，如今鸟山也先于我们辞世了。看着它心里不好受啊。"

"慈童面具是永恒少年，不是很好吗？"

"你参加过鸟山的告别式了？"

"当时有别的事情就先告辞了。"

铃本站起身来。

"那么，好歹存放在你这儿，慢慢欣赏吧。你若是不中意，发落给谁都可以。"

"中意不中意都与我无缘。这具面具相当不错，让它脱离能剧，死藏在我们这儿，岂不使它失去生命了？"

"嘿，无所谓。"

"价钱多少？很贵吗？"信吾追问了一句。

"嗯，为了备忘，我让水田夫人写了，写在纸绳上呢。大概就是那个数字，还可以便宜一点吧。"

信吾架上眼镜，摊开纸绳，眼前的东西变得清晰的时候，他看到描画慈童面具的描线和嘴唇美极了。他差点惊叫起来。

铃本离开房间之后，英子马上走到桌旁来。

"漂亮吧？"

英子默默地点了点头。

"你戴上试试好吗？"

"哟，让我戴，岂不滑稽可笑吗？再说，我又是穿的西服。"英子说。

可是，信吾要把面具拿走，英子自己又将面具戴在脸上，把绳子绕到脑后系好了。

"你慢慢动动看。"

"是。"

英子依然拘谨地站着，展现了面具的各种姿态。

"好极了，好极了。"信吾情不自禁地说。只要一动，面具就有了生气。

英子身穿豆沙色洋服，波浪式的秀发垂落在面具的两旁，逼将过来似的，可爱极了。

"行了吧？"

"啊！"

信吾让英子马上去买有关能剧面具的参考书。

三

喝食面具和慈童面具上都标记着作者的名字。经查阅书籍，知道它们虽不属于所谓室町时代的古代作品，却是仅次之的名人之作。头一回亲手拿起能剧面具来观赏的信吾，也觉得这不像是赝品。

"哎呀，有点可怕。唉！"保子架起老花镜瞧着面具。

菊子窃笑起来。

"妈妈，那是爸爸的眼镜，您戴合适吗？"

"哦，戴老花镜的人就是这么邋里邋遢的。"信吾代替保子答道，"不论借谁的，大体上都能凑合吧。"

原来保子使用了信吾从衣兜里掏出来的老花镜。

"一般都是丈夫先老花的，可咱家却是老婆子大一岁呀。"

信吾神采飞扬。他穿着大衣就把腿脚伸进了被炉里。

"眼花了，最可怜的是看不清食物啊。端上来的菜要是烧得精细一点、复杂一点，有时候就分不清下了什么材料。开始老花的时候，端起饭碗来，觉得饭粒都是模模糊糊的，看不清是一粒粒的，实在乏味啊。"信吾边说边凝视着能剧面具。

后来他才意识到菊子已将自己的和服放在膝前，等候着自己更衣了。他还注意到今天修一也没有回家。

信吾一边站着更衣，一边俯视着撂在被炉上的面具。

如今有时候就这样避免看菊子的脸。

打刚才起菊子就不愿靠近瞧能剧面具一眼，若无其事地拾掇西服。信吾心想，她之所以这样，大概是因为修一没有回家吧。想着，心头掠过一道荫翳。

"总觉得有点害怕，简直像个人头。"保子说。

信吾又回到了被炉旁。

"你觉得哪个好？"

"这个好吧。"保子立即回答，还拿起喝食面具说，"简直像个活人。"

"哦，是吗？"

信吾觉得保子这样当机立断，让人有点不尽兴。

"制作年代一样，作者不同，都是丰臣秀吉时代的东西。"信吾说罢把脸凑到慈童面具的正上方。

喝食是男性的脸，眉毛也是男性的。慈童有点像是中性，眼睛和眉毛之间很宽，眉毛像一弯典雅的新月，很像少女。

信吾从正上方把脸凑近它的眼睛，那少女般润泽的肌肤在自己的老花眼中变得朦胧柔和，生起一股人体的温馨，仿佛面具活生生地在微笑。

"啊！"信吾倒抽了一口气。他把脸凑到离面具三四寸近，只觉一个活着的女子在微笑。这是一种美丽而纯洁的微笑。

它的眼睛和嘴确实是活生生的。宽阔的眼眶里镶嵌着黑色的瞳眸。暗红色的嘴唇水灵灵的，显得特别可爱。信吾屏住呼吸，鼻子快要触及它的时候，它乌黑的大眼珠从下往上转动，下唇肉鼓了起来。信吾几乎要和它接吻了。他深深地吐了一口气，把脸移开了。

脸一移开，面具就像假的一样。他深深地呼了一口气。

信吾闷声不响，把慈童的面具装进袋子里。这是红地金线织花的锦缎袋子。信吾把喝食面具的袋子递给了保子。

"把它装进去吧。"

信吾仿佛连这个慈童面具下唇的秘密也看到了。古典色泽的口红，从唇边往嘴角渐渐淡去。嘴微微张开，下唇里侧没有成排的牙齿。那嘴唇犹如雪上的鲜花的蓓蕾。

也许是信吾把脸靠得太近，几乎和面具重叠起来，能剧面具才出现这种不应有的不正常状态吧。也许是制作面具的人想象不到的状态。在能剧舞台上，面具与观众保持适当的距离，就显得最生动。然而，如今即使相距这般近，还是显得最生动。信吾寻思：莫非这就是制作面具的人的爱的秘密？

这是因为信吾本人感受到一种天国邪恋般的激动。而且面具之所以远比人间女子更加妖艳，可能是因为自己老花眼吧。信吾忍俊不禁。

连续出现一系列怪事，诸如在梦中拥抱姑娘，觉得戴面具的英子可爱，几乎要同慈童面具接吻，等等，莫非自己心中隐藏着一种游荡的东西？信吾陷入了沉思。

信吾眼睛老花之后，未曾贴近过年轻女子的脸。难道老花眼中还有一种朦胧而柔和的妙趣？

"这个面具嘛，就是作为香奠回礼送玉露茶来的，喏，就是在温泉旅馆里突然死去的水田的珍藏品。"信吾对保子说。

"真可怕。"保子又重复了一句。

信吾在粗茶里注入威士忌，喝了下去。

菊子在厨房里切葱花，准备吃加吉鱼火锅。

四

岁暮二十九日晨，信吾一边洗脸一边望着阿照。阿照领着一群狗崽朝向阳处走去。

狗崽都会从女佣房间的地板底下爬出来了，可究竟是四只还是五只依然闹不清楚。菊子利索地一把抓住刚爬出来的狗崽，抱进了屋里。狗崽被抱起来以后，非常驯顺，但一遇见人就逃到地板底下。这窝狗还不曾成群出动到院子里来。所以，菊子有时说是四只，有时说是五只。

在朝阳的照耀下，这才弄清楚共有五只狗崽。

那是在先前信吾看麻雀和黄道眉杂栖的同一座小丘的脚下。这座小丘是当年挖防空洞躲避空袭，用挖出来的土堆成的，战争期间那里也种过蔬菜。如今成了动物早晨晒太阳的地方。

黄道眉和麻雀在这里啄食过芒草的穗儿。稀稀拉拉的芒草秆已经枯萎，但仍然以原有的刚强姿态屹立在小丘脚下，把土堆都覆盖了。土堆上长着娇嫩的杂草，阿照选中了这儿。信吾佩服阿照这种聪慧。

人们起床之前，或者起床之后只顾忙于做早饭的时候，阿照已经把狗崽带到最好的地方，一边沐浴在和暖的朝阳之下，一边给狗崽喂奶，悠闲地享受着不受人们干扰的短暂时刻。起初信吾是这样想，他向这派小阳春的美景绽开了笑容。虽是岁暮二十九日，可镰仓却是小阳春的天气。

仔细一瞧，五只狗崽在挤来挤去地争着母狗的奶头，它们用前脚掌压住乳房，像抽水机似的把奶挤出来。狗崽发挥了惊人的动物本能。或许阿照觉得狗崽都长大了，可以爬上土堆，就不愿意再给它们喂奶了。所以，阿照要么摇晃着躯体，要么腹部朝下。它的乳房，被狗崽的爪子抓出一道道红色的伤痕。

最后阿照站起来，挣脱开吃奶的狗崽，从土堆上跑了下来。一只紧紧抓住奶头不放的黑狗崽，同阿照一起从土堆上滚落下来。

狗崽从三尺高的地方掉落下来，信吾目瞪口呆。狗崽却满不在乎地爬起来，一时呆立不动，嗅了嗅泥土的芳香，很快又走起来了。

"咦？"信吾有点迷惑不解。这只狗崽的模样，好像是第一次看见，又好像是与以前见过的一模一样。信吾久久地陷入了沉思。

"哦，是宗达[1]的画。"信吾喃喃自语，"嗯，真了不起啊。"

信吾只在图片上看过宗达的水墨画小犬图。他记得画的是类似图

---

[1] 俵屋宗达，生卒年月不详，江户初期的画家。

样化的玩具小犬。现在他才体会到那是一幅多么生动的写实画，也就惊异不已。倘使在眼前看见的黑狗崽的形象上再添上品格和优美，那么就和那幅画别无二致了。

信吾觉得喝食面具是写实的，酷似某人，他把这种想法同宗达的画联系起来思索。

喝食面具的制作者和画家宗达是同时代的人。

用现在的话来说，宗达画的是杂种狗崽。

"喂，来看啊，狗崽全出来了。"

四只狗崽缩着小脚，战战兢兢地从土堆上爬了下来。

信吾在盼望着，可是那只黑狗崽也好别的狗崽也好，在它们身上再也找不到宗达画中小犬的神采了。

信吾寻思：狗崽成了宗达的画中物，慈童面具成了现实中的女人，或许这两种情况的颠倒也是一种偶然的启示呢。

信吾把喝食面具挂在墙上，却把慈童面具收藏在壁橱里，就像收藏什么秘密似的。

保子和菊子都被信吾唤到洗脸间来观看狗崽。

"怎么，洗脸的时候你们没有发现吗？"

信吾这么一说，菊子把手轻轻地搭在保子的肩上，一边从后面窥视一边说：

"早晨女人都比较着急，对吧，妈妈？"

"是呀。阿照呢？"保子说，"狗崽像迷途的羔羊，也像弃儿，总是徘徊转悠，又不知转到哪儿去了。"

"把它们扔掉，又不愿意。"信吾说。

"两只已经有婆家了。"菊子说。

"是吗？有人要了？"

"嗯。一家就是阿照的主家，他们说希望要雌的。"

"哦？阿照成了野狗，他们就想拿狗崽来顶替吗？"

"好像是这样。"菊子然后又回答保子刚才的问题，"妈妈，阿照可能到哪家要饭去了吧。"

接着她对信吾解释说："邻居都说阿照很聪明，但都没有想到它这样聪慧呢。听说，它对街坊的开饭时间都了如指掌，按时转悠去了，很有规律。"

"哦，是吗？"

信吾有点失望。最近早晚都给它饭吃，以为它会一直待在家里，没想到它却瞄准街坊开饭的时间出去了。

"准确地说，不是开饭时间，而是饭后收拾的时间。"菊子补充说，"我遇见一些街坊，他们听闻这回阿照在咱家下崽，告诉我许多阿照的行踪。爸爸不在的时候，街坊的孩子也来请我让他们看看阿照的狗崽呢。"

"看来很受欢迎啰。"

"对，对，一位太太说了一番蛮有意思的话。她说，这回阿照到府上来下崽，府上定会添丁哩。阿照来催府上少奶奶呢。这不是可庆可贺吗？"

保子说罢，菊子满脸绯红，把搭在保子肩上的手抽了回来。

"哎呀，妈妈。"

"街坊的太太是这样说的嘛，我只是传达罢了。"

"哪有人把狗和人并提的呀。"信吾说。这句话也是很不恰当的。

但是，菊子抬起耷拉的脸，说：

"雨宫家的老大爷非常惦挂阿照的事呢。他曾上咱家来请求我们说：府上能不能把阿照要来饲养呢。话说得很恳切，我不知该怎么办才好。"

"是吗？也可以考虑把它要来嘛。"信吾回答。

"它也就这样到咱家里来了。"

所谓雨宫家，就是阿照饲主的邻居，他事业失败之后，把房子卖掉，迁到东京去了。雨宫家原先住着一对寄食的老夫妇，帮他家干点家务活。由于东京的房子狭窄，老夫妇就留在了镰仓，租间房子住。街坊们都把这位老人叫作雨宫家的老大爷。

阿照同这位雨宫家的老大爷最亲近了。老夫妇迁到租赁的房子住下以后，老人还来看过阿照。

"我马上按您说的去告诉老大爷，好让他放心。"菊子说着趁机走开了。

信吾没瞧菊子的背影。他的视线追随着黑狗崽移动，发现窗边的大蓟草倒下了。花已凋零，从茎根折断，但蓟叶还是绿油油的。

"蓟草的生命力真强啊！"信吾说了一句。

冬樱

一

除夕半夜下起雨来，元旦是个雨天。

从今年起改为按足岁计算，信吾六十一岁，保子六十二岁了。

元旦本想睡个懒觉，可一大早就传来了房子的女儿里子在走廊上跑动的声音，把信吾惊醒了。

菊子已经起来了。

"里子，过来。我们去烤糯米糕好吗？里子也来帮忙。"菊子说这番话，是想把里子叫到厨房里，以免她在信吾的寝室走廊上跑动。里子压根儿不听，继续在走廊上跑来跑去。

"里子，里子。"房子在被窝里呼喊。

里子连母亲的话也不理睬。

保子也被惊醒了。她对信吾说：

"大年初一是个雨天哟。"

"嗯。"

"里子起来了，房子即使继续睡，菊子当媳妇的总得起来嘛。"

保子说到"总得"这个字眼时，舌头有点不听使唤。信吾觉得滑稽可笑。

"我有好几年的元旦没被孩子吵醒过了。"保子说。

"今后恐怕每天都会被吵醒的哟。"

"大概不至于吧。相原家没有走廊，上咱家来她可能觉着新鲜才到处跑动的吧。过些日子，她习惯下来也就不跑了。"

"或许是吧。这个年龄的孩子都是喜欢在走廊上跑动的，跑步声吧嗒吧嗒的，仿佛被地板吸住了。"

"因为孩子的脚是柔软的。"保子竖起耳朵来听了听里子的跑步声，又说，"里子今年该五岁了，可足岁变成三岁，总觉得好像是被狐狸精迷惑了。我们嘛，六十四岁、六十二岁变化都不大。"

"也不见得。出现了件怪事哩。我出生月份比你大，从今年算起，有一段时间是和你同岁呢。从我的生日起到你的生日这段时间，我们不是同岁吗？"

"啊，可不是嘛。"

保子也发现了。

"怎么样，是个大发现吧？这是一生的奇事呢。"

"是啊。可事到如今，同年又有什么用。"保子嘟哝了一句。

"里子，里子，里子！"房子又呼唤起来。

里子大概跑够了，又回到了母亲的被窝里。

"瞧你的脚，多冰凉呀！"传来了房子的说话声。

信吾合上了眼睛。

良久，保子说：

"大家起床之后，让孩子在眼前这样跑跑多好。可是大家一在，她有话也不说，只顾缠着妈妈了。"

这两人莫非在彼此寻找对这外孙女的爱？

信吾起码感到保子是在寻求自己的爱。

或许是信吾自己在寻找自己的呢？

走廊上又传来了里子跑动的脚步声。信吾睡眠不足，感到吵得慌，可他却不生气。

但是，他也并不觉得外孙女的脚步声是柔和的。也许确实是缺乏慈爱吧。

信吾没发现里子奔跑的走廊的木板套窗还没有打开，一片黑魆魆的。保子似乎很快就留意到了。这件事也使保子感到里子怪可怜的。

二

房子不幸的婚姻，在女儿里子的心灵上投下了阴影。信吾并不是不怜恤，许多时候他也焦急得头疼。他对女儿婚姻的失败，着实无能为力。

信吾简直无所适从，他自己也很惊讶。

父母对于已经出嫁的女儿的婚姻生活，可以施展的能力是有限的。从事态发展到不得不离婚这点来看，女儿自己也是无能为力了。

房子同相原离婚之后，带着两个孩子。把她接回娘家来，也是无法解决问题的。房子的心灵创伤无法治愈，她的生活也无法重新建立起来。

女人婚姻失败的问题，难道就无法解决了吗？

秋天房子离开相原之后，不是回娘家，而是到信州老家去了。老家发来电报，信吾他们才晓得房子从家中出走的原委。

修一把房子接回家里来了。

在娘家住了一个月，房子说了声"我要找相原把话说清楚"，就出门去了。

尽管家里人说过让信吾或修一去找相原谈谈，可房子不听，非要亲自去不可。

保子说，如果去的话，把孩子留在家里吧。

房子歇斯底里似的反驳说：

"孩子怎么处理还是一个问题呢，不是吗？眼下还不知道孩子是归我还是归相原呢！"

她就这样走了，再也没回到父母家里来。

不管怎么说，这是他们夫妇间的事，信吾他们无法估计要等待多少时日，就这样在不安稳的状态中日复一日地度过了。

房子仍然杳无音信。莫非她又打定主意回相原那里去了？

"难道房子就这样糊里糊涂地拖下去不成？"

保子的话音刚落，信吾接口答道：

"我们才糊里糊涂拖下去呢，不是吗？"

他们两人的脸上都布满了愁云。

就是这个房子，大年夜突然回到娘家来了。

"哎呀，你怎么啦？"

保子吃惊地望了望房子和孩子。

房子想把洋伞折起来，可双手颤抖，伞骨仿佛折断了一两根。保子望着洋伞问道：

"下雨了吗？"

菊子走过来，把里子抱了起来。

保子正在让菊子帮忙把炖肉装在食盒里。

房子是从厨房门走进来的。

信吾以为房子是来要零花钱的，实际上并非如此。

保子擦了擦手，走进饭厅，站在那里瞧了瞧房子，说：

"大年夜，相原怎么让你回娘家来啦？"

房子不言语，直淌眼泪。

"嘿，算了。分明是断缘分了嘛。"信吾说。

"是吗？可哪有大年夜被赶出来的啊？"

"是我自己出来的。"房子抽噎着顶了一句。

"是吗？那就好。正想让你回家过年，你就回来了。我说话方式不好，向你赔不是。嘿，这种事来年开春再慢慢说吧。"

保子到厨房里去了。

保子的说话方式使信吾吓了一跳。不过他也感受到话中流露的母爱。

无论是对房子大年夜从厨房门走进娘家，还是对里子年初一大清早在魆黑的走廊上跑来跑去，保子都立即给予同情。就算这种同情心是好的，也引起了信吾的某种怀疑：这种同情心不是会使自己有所顾忌吗？

元旦早晨，房子最晚起床。

大家一边听着房子的漱口声，一边等候她来吃早餐。房子化妆又花了很长的时间。

修一闲得无聊，就给信吾斟了一杯日本酒，说：

"喝屠苏酒之前，先喝一杯日本酒吧。"他接着说，"爸爸也满头银发了。"

"哦，活到我们这把年纪的，有时一天就增添许多白发。岂止一天，眼看着就变得花白哩。"

"不至于吧。"

"真的，你瞧。"信吾稍稍把头探出去。

保子和修一一起瞧了瞧信吾的头。菊子也一本正经地凝视着信吾的头。

菊子把房子的小女儿抱在膝上。

三

为房子和她的孩子另加了一个被炉，菊子到她们那边去了。

信吾和修一围着这边的被炉对饮，保子把腿脚伸进了被炉里。

修一在家里一般不怎么喝酒，也许是元旦遇上雨天，也许是不知不觉地喝过量了，他仿佛无视父亲的存在，一味自酌自饮，眼神也渐渐变了。

信吾曾听说这样的事：修一在绢子家里喝得酩酊大醉，还让与绢子同居的那个女友唱歌，于是绢子哭了起来。现在看到修一的那双醉眼，就回想起这件事来了。

"菊子，菊子。"保子呼喊，"拿些蜜橘到这边来。"

菊子拉开隔扇，把蜜橘拿了进来，保子就说：

"喂，到这儿来吧。瞧这两个人闷声不响只顾喝酒！"

菊子瞥了修一一眼，有意把话头岔开，说：

"爸爸没有喝吧？"

"不，我在思考爸爸的一生呢。"修一像是说别人坏话似的嘟囔了一句。

"一生？一生中的什么？"信吾问道。

"很朦胧。硬要下结论的话，那就是爸爸是成功呢还是失败。"修一说。

"谁知道呢，这种事……"信吾把话顶了回去。

"今年新年，小沙丁鱼干和鱼肉卷的味道基本上恢复到战前的水平了。从这个意义上说，是成功了吧。"

"您是说小沙丁鱼干加上鱼肉卷吗？"

"是啊。估计就是这些玩意儿，不是吗？倘使你稍稍考虑爸爸这一生的话。"

"就算稍稍考虑……"

"嗯。平凡人的生涯就是今年也要活下去，以便能再见到新年的小沙丁鱼干和青鱼子干呀。许多人不是都死了吗？"

"那是啊。"

"然而，父母一生的成败，与儿女婚姻的成败也有关联，这就不好办啦。"

"这是爸爸的实际感受吗？"

"别说了，元旦一大清早……房子在家里呢。"保子抬起眼睛，小声说，然后问菊子，"房子呢？"

"姐姐睡觉了。"

"里子呢？"

"里子和她妹妹也睡觉了。"

"哟哟，母女三个都睡了吗？"保子说着脸上露出呆然的神色，一副老人天真烂漫的表情。

厅门打开了，菊子走过去看了看，原来是谷崎英子拜年来了。

"哟，哟，这么大雨天你还来。"

信吾有点惊讶，可这"哟，哟"显得与方才保子的口气很协调。

"她说她不上屋里来了。"菊子说。

"是吗？"

信吾走到了门厅。

英子抱着大衣站在那里。她穿着一身黑天鹅绒服装，修过的脸上浓妆艳抹，偏着腰身，这副姿容更显得小巧玲珑了。

英子有点拘谨地寒暄了几句。

"这么大雨天你还来了。我以为今天谁都不会来，我也不打算出去。外面很冷，请上屋里来暖和暖和。"

"是，谢谢。"

信吾无法判断，英子不顾寒冷冒着大雨走来，是要给人一种她要诉说什么的印象，还是她真的有什么要述说呢？

不管怎样，信吾觉得冒雨前来也是够受的。

英子并无意进屋。

"那么，我也干脆去走走好啰。咱们一起去，进屋里等一等好吗？每年元旦我照例只在板仓那里露露面，他是前任经理。"

今天一大早，信吾就惦挂着这桩事，他看见英子来了，下定决心出门，便赶紧装扮了一番。

信吾起身走向大门，修一一仰脸便躺倒下来；信吾折回来开始更衣以后，他又坐了起来。

"谷崎来了。"信吾说。

"嗯。"

修一无动于衷。因为他并不想见英子。

信吾快要出门，这时修一才抬起脸来，视线追着父亲的身影，说：

"天黑以前不回来可就……"

"哦，很快就回来。"

阿照绕到门口去了。

黑狗崽不知打哪儿钻了出来，它也模仿着母狗，在信吾之前跑到门口，摇摇晃晃，站立不稳。半边身的毛都濡湿了。

"呀，真可怜。"

英子刚想在小狗前蹲下来，信吾就说：

"母狗在我家产下五只狗崽，已经有主了。四只给要走了，只剩下这只，可也有人要了。"

横须贺线的电车空空荡荡。

信吾透过车窗观赏着横扫而来的雨脚，心情顿觉舒畅。心想，出来对了。

"每年来参拜八幡神的人很多，电车都挤得满满的。"信吾说。

英子点了点头。

"对，对，你经常是在元旦这天来的。"信吾说。

"嗯。"

英子俯首良久，说：

"今后即使我不在公司工作了，也让我在元旦这天来拜年吧。"

"如果你结婚了，恐怕就来不了啦。"信吾说，"怎么啦？你来是不是有什么话要说？"

"没有。"

"别客气，尽管说好了。我脑子迟钝，有点昏聩了。"

"您装糊涂。"英子的话很微妙，"不过，我想请您允许我向公司提出辞职。"

这件事，信吾是预料到的，可一时还是不知如何回答才好。

"元旦一大早，本来不应该向您提这种请求。"英子用大人似的口气说。

"改天再谈吧。"

"好吧。"

信吾的情绪低落下来。

他觉得在自己办公室里工作了三年的英子，突然变成了另一个女人似的，简直与平时判若两人了。

平常，信吾并没有仔细地观察过英子。对信吾来说，也许英子不过是个女办事员罢了。

刹那间，他觉得无论如何也要把英子挽留下来。但是，并不是说他就能把握住英子。

"你之所以提出辞职，恐怕责任在我吧。是我让你带我到修一的情妇家里去的，让你感到厌烦了。在公司里同修一照面，也难为情吧？"

"的确是难堪啊。"英子明确地说，"不过，事后想想，又觉得当父亲的这样做也是理所当然的。再说，我也很清楚，自己不好，不该叫修一带我去跳舞，而且还扬扬自得，到绢子她们家里去玩。简直是堕落。"

"堕落？没那么严重吧。"

"我变坏啦。"英子伤心似的眯缝着眼睛，"假如我辞职了，为了报答您照顾的恩情，我将劝绢子退出情场。"

信吾十分震惊，也有点自愧。

"刚才在府上门口见到少奶奶了。"

"是菊子吗？"

"是。我难过极了，当时就下定决心，无论如何也要去劝说绢子。"

信吾的心情也变得轻松多了，感到英子也仿佛轻松多了。

或许用这种轻巧的手法，也不是不能意外地解决问题。信吾忽然这样想。

"但是，我没有资格拜托你这样做。"

"为了报答您的大恩，是我自愿下决心这样做的。"

英子凭着两片小嘴唇在说大话。尽管如此，信吾也觉得自愧弗如。

信吾甚至想说：请你别轻举妄动，多管闲事！

但是，他似乎被英子为自己下定的"决心"打动了。

"有这么一位好妻子，竟还……男人的心，不可理解啊。我一看见他和绢子调情，就觉着讨厌。但他和妻子再怎么好，我也是不会妒忌的。"英子说，"不过，一个女人不会让别的女人妒忌，男人是不是觉得她有点美中不足呢？"

信吾苦笑了。

"他常说他的妻子是个孩子，是个孩子哩。"

"是对你说的？"信吾尖声地问道。

"嗯。对我也对绢子……他说，因为是个孩子，所以老父亲很喜欢她。"

"真愚蠢！"

信吾情不自禁地望了望英子。

英子有点失措，说：

"不过，最近他不说了。最近他不谈他妻子的事了。"

信吾几乎气得浑身发抖。

他意识到修一所说的，是菊子的身体。

难道修一要新婚的妻子去当娼妇吗？如此无知，真是令人震惊啊！信吾觉得这里似乎还存在更可怕的精神上的麻木不仁。

修一连妻子的事也告诉了绢子和英子，这种有失检点的行为，大概也是来自这种精神上的麻木吧。

信吾觉得修一十分残忍。不仅是修一，连绢子和英子对待菊子也是十分残忍。

难道修一感受不到菊子的纯洁吗?

信吾脑海里浮现出身段苗条、肌肤白皙的幺女菊子那张稚嫩的面孔来。

信吾也意识到由于儿媳妇的关系，自己在感觉上憎恨儿子，有点异常，但他却无法抑制自己。

信吾憧憬着保子的姐姐。这位姐姐辞世之后，他就和比自己大一岁的保子结了婚，自己这种异常难道潜流在生命的深处，以致为菊子而愤怒吗?

修一很早就有了情妇，菊子不知从何妒忌起了。但是，也许正是在修一的麻木和残忍的影响下，反而唤醒了菊子作为女人的欲念。

信吾觉得英子是个发育不健全的姑娘，比菊子还差些。

最后，信吾缄口不言了，或许是某种寂寞的情绪抑制住了自己的愤怒？

英子也默默无言，脱下手套，重新整了整秀发。

四

一月中旬，热海旅馆的庭院里樱花怒放。

这就是常说的寒樱，从头年岁暮就开始绽开。信吾却感到自己仿佛处在另一个世界的春天里。

信吾误把红梅看作红桃花。白梅很像杏花或别的什么花。

进入房间之前，信吾已被倒映在泉水里的樱花所吸引，他走向溪畔，站在桥上赏花。

他走到对岸去观赏伞形的红梅。

从红梅树下钻出来的三四只白鸭逃走了。信吾从鸭子黄色的嘴和带点深黄的蹼上，也已感受到春意了。

明天要接待公司的客人，信吾是来这里做准备工作的。办理了旅馆的手续，也就没什么特别的事了。

他坐在廊道的椅子上，凝望着鲜花盛开的庭院。

白杜鹃也开花了。

浓重的雨云从十国岭飘下来。信吾走进房间里了。

桌上放着两只表，一只怀表，一只手表。手表快了两分钟。两只表很少走得一样准确。信吾不时惦挂着。

"要是总放不下心，带一只去不就成了吗？"保子这么一说，他也觉得在理，可这已是他长年的习惯了。

晚饭前下大雨，是一场狂风暴雨。

停电了。他早早便就寝了。

一觉醒来，庭院里似乎传来了狗吠声，却原来是翻江倒海般的风雨声。

信吾的额上沁出了汗珠。室内沉闷，却微带暖意，恍如春天海边的暴风雨，让人感到胸口郁闷。

他深呼吸，忽地觉得一阵不安，好像要吐血似的。六十寿辰这年他曾吐过少量血，后来安然无恙。

"不是胸痛，而是恶心。"信吾自己嘟哝了一句。

信吾只觉得耳朵里塞满了讨厌的东西，这些东西又传到两边的太阳穴，然后停滞在额头上。他揉了揉脖颈和额头。

恍如海啸的是山上的暴风雨声，又有一种尖锐的风雨声盖过这声音迫近过来。

这种暴风雨声的深处，远远地传来了隆隆声。

这是火车通过丹那隧道的声音。对，信吾明白了，肯定是那样。火车开出隧道的时候，鸣笛了。

但是，听到汽笛声之后，信吾顿时害怕起来，他完全清醒过来了。

那声音实在太长了。通过七千八百米长的隧道，火车只需七八分钟。火车驶进隧道对面的洞口时，信吾似乎就听见了这种声音。火车刚一开进函南对面的隧道口时，旅馆距这边的热海隧道口约七百米远，怎么可能听见隧道里的声音？

信吾用他的头脑确实感觉到了这声音，同时也感觉到了这穿过黑暗隧道的火车。他一直感觉到火车从对面的隧道口驶到这边的隧道口。火车从隧道钻出来的时候，信吾也如释重负。

然而，这是桩怪事。信吾心想，明天一早就向旅馆的人打听，或者给车站上挂个电话探询一下。

他久久未能成眠。

"信吾！信吾！"他也听到了这样的呼唤，既似梦幻又似现实。

只有保子的姐姐是这样呼唤他的。

信吾非常兴奋似的，睁开了迟钝的眼睛。

"信吾！信吾！信吾！"

这唤声悄悄地传到了后窗下。

信吾一惊，猛然醒了过来。房后的小溪流水声很响，还扬起了孩子们的喧嚣声。

信吾起身把房后的木板套窗都打开了。

朝阳明晃晃的。冬天的旭日泼洒下恍如经过一阵春雨濡湿的暖和的辉光。

七八个去小学的孩子聚集在小溪对岸的路上。

刚才的呼唤声，或许是孩子们互相邀约的声音吧。

但是，信吾还是探出身子，用眼睛去搜寻小溪这边岸上矮竹丛的动静。

早露

一

正月初一，儿子修一说过："爸爸也满头银发了。"当时信吾回答说："活到我们这把年纪的，有时一天就增添许多白发。岂止一天，眼看着就变得花白哩。"因为当时信吾想起北本来了。

提起信吾的同学，现在大都已年过六旬，从战争期间直到战败之后，命途多舛，沦落者为数不少。五十岁一代身居高职者摔得也重，一旦摔下就难以重新站起来。这个年龄的人，儿子也大多在战争中死去。

北本就失去了三个儿子。公司的业务变成为战争服务的时候，他就成了一个派不上用场的技术员。

"据说他在镜前拔白发，拔着拔着就疯了。"

一个老朋友到公司拜访信吾，谈到了北本这一传闻。

"因为不上班，闲得慌，为了解闷，就拔起白发来的吧。起初，他家里人看着也不当回事，甚至觉得他何必那么介意呢……可是，北本每天都蹲在镜前。头天刚拔掉的地方，第二天又长出了白发。实际上白发早已多得拔不胜拔了。随着时间的推移，北本待在镜前的时间就更长了。每次看不见他的身影，他都一定是在镜前拔白发。有时即使离开镜子不大一会儿，他就又马上慌里慌张地折回来，一直拔下去。"

"那么，头发怎么没被拔光呢？"信吾都快要笑起来了。

"不，不是开玩笑。是那样的，头发一根也没有了。"

信吾终于笑开了。

"瞧你，不是说谎呀！"友人同信吾互相看了看，"据说北本拔白发，拔着拔着，头发渐渐都变白了，拔一根白发，旁边的两三根黑发转眼就变白了。就这样，北本一边拔白发，一边定睛注视着镜中的自己，自己的白发更多了。他那眼神是无法形容哩。头发也明显变得稀疏了。"

信吾忍住笑问道：

"他妻子不说话，就听任他拔下去吗？"

这位友人继续一本正经地说：

"剩下的头发越来越少，据说剩的仅有的头发也全白了。"

"很痛吧？"

"你是说拔的时候吗？为了避免把黑发拔掉，他格外精心，一根根地拔，并不痛。据医生说，拔到最后，头皮收缩，用手摸头就会感到疼痛。没有出血，拔秃了的头皮却红肿起来。最后他被送进了精神病院。他在医院里把剩下的仅有的头发也全拔光了。多么可怕啊！固执得令人生畏哩。他不愿老朽，想返老还童。他究竟是疯了才开始拔白发，还是白发拔得太多了才疯的，就不得而知了。"

"后来不是又好了吗？"

"你可真能编故事啊。"信吾又笑开了。

"是真事呀，老兄。"友人没有发笑，"常言说疯子是没有年龄的。如果我们也疯了，也许变得更年轻呢。"

友人望了望信吾的头，接着说：

"我这号人是无望了，你们大有希望啊！"

友人的头几乎全秃了。

"我也拔拔试试吗？"信吾嘟哝了一句。

"拔拔试试，恐怕你没有那股热情拔到一根都不剩吧。"

"是没有。我对白发并不介意，也不会想头发变黑想到发疯。"

"那是因为你的地位安稳，可以从万人的苦难和灾患的大海中哗哗地游过来。"

"你说得很简单，犹如冲着北本说，与其去拔那拔不尽的白发，不如把头发染了更简单一样。"信吾说。

"染发只是一种掩饰。有掩饰真相的念头，我们就不会出现像北本那样的奇迹。"友人说。

"可是，你不是说北本已经去世了吗？纵令出现如你所说的那样的奇迹，头发变黑，返老还童也……"

"你去参加葬礼了吗？"

"当时我并不知道。战争结束，生活稍安定以后才听说的。即使知道了，那时空袭最频繁，恐怕也不会到东京去的。"

"不自然的奇迹是不会持久的。北本拔白发，也许是反抗年龄的流逝，反抗没落的命运。不过，寿命看来又是另一码事。头发虽然变黑了，寿命却不能延长。或许是相反。继白发之后又长出黑发来，因此而消耗了大量的精力，也许这才缩短了寿命呢。但是，北本的拼死冒险，对我们来说也不是毫不相干的。"友人摇了摇头，下了结论。他都谢顶了，边上的毛发简直像一副垂帘。

"最近，不论碰到谁都说我苍苍白发了。战争期间，像我这样的人头发并不怎么白，可战争结束以后，明显地变白了。"信吾说。

信吾并不完全相信友人的话，只当作添油加醋的传闻听听而已。

然而，北本辞世的消息，他也从别人那里听说了。这是千真万确的。

友人走后，信吾独自回想方才的那番话，产生了一种奇妙的心理活动。假如北本过世是事实，那么他过世之前白发变成黑发这件事，大概也是事实吧。假如长出黑发来是事实，那么长黑发之前他疯了，大概也是事实吧。假如疯了是事实，那么在疯之前他把头发都拔光，大概也是事实吧。假如把头发拔光是事实，那么照镜子时他眼看着头发变白了，大概也是事实吧。这样看来，友人的话岂不都是事实吗？

信吾不寒而栗。

"忘了问他，北本死的时候是什么模样的。头发是黑的呢，还是白的？"

信吾这么说了一句，笑了。这话和笑都没有发出声音，只有他自己听得见。

就算友人的话都是事实，没有夸张，也带有嘲弄北本的口气吧。一个老人竟如此轻薄而残酷地议论已故老人的传闻，信吾总觉得不是滋味。

信吾的同学中，死法非同寻常的就是这个北本，还有水田。水田带着年轻女子去温泉旅馆，在那里猝然长逝。去年岁暮，有人让信吾买了水田的遗物能剧面具。他让谷崎英子到公司里来也是为了北本吧。

水田死于战后，信吾可以去参加他的葬礼。北本死于空袭时期，这是后来才听说的。谷崎英子带着北本的女儿开具的介绍信到公司里来时，信吾这才知道北本的遗属疏散到岐阜县后，就一直待在那里。

英子说，她是北本女儿的同学。但是，北本的女儿介绍这样一个同学到公司来求职，信吾感到十分唐突。信吾没见过北本的女儿。英子说她在战争期间也没见过北本的女儿。信吾觉得这两个女孩子都有点轻薄。要是北本的女儿同她母亲商量此事，她母亲因而想起信吾，亲自写信来就好了。

信吾对北本的女儿开具的介绍信，并不感到有什么责任。

他一看见经介绍而来的英子，就觉得她体质单薄，似是个轻浮的姑娘。

但是，信吾还是聘请了英子，并安排在自己的办公室里。英子工作已经三年了。

三年的时光飞快流逝。后来信吾又想，英子怎么竟能待到现在呢？这三年里，就算英子和修一一起去跳舞算不了什么，可她甚至还出出进进修一情妇的家。信吾甚至曾经让英子做向导，去看过那个女人的家。

近来英子对这件事感到无比苦恼，好像对公司也产生了厌倦。

信吾没有同英子谈过北本的事。英子大概不知道友人的父亲是疯了之后死去的吧。或许她们之间的朋友关系，还没有达到可以随便造访对方家的程度吧。

过去，信吾认为英子是个轻浮的姑娘。但是，从她引咎辞职这件事来看，信吾觉得英子也有些良心和善意。因为她还没有结婚，这种良知和善意使人感到很纯洁。

二

"爸爸，您真早啊！"

菊子把自己准备洗脸的水放掉，又给信吾放了一脸盆新水。

血滴滴答答地滴落在水里，在水中扩散开去，血色淡化了。

信吾蓦地想起自己曾轻微咯血，他觉得那血比自己的血好看。他以为菊子咯血了，其实是鼻血。

菊子用毛巾捂住鼻子。

"仰脸，仰脸。"信吾把胳膊绕到菊子的背后。菊子仿佛要躲闪似的，向前摇晃了一下。信吾一把抓住她的肩膀，往后拉了拉，一只手按着菊子的前额，让她仰起脸来了。

"啊！爸爸，不要紧的。对不起。"

菊子说话的时候，血顺着手掌一直流到胳膊肘。

"别动！蹲下去，躺下！"

在信吾的搀扶下，菊子就地蹲了下来，靠在墙壁上。

"躺下！"信吾重复了一遍。

菊子闭上眼睛，一动也不动。她那张失去血色的脸上，露出了一副恍如对什么事物都死了心的孩子那种天真烂漫的表情。她刘海儿下浅浅的伤疤，跳入了信吾的眼帘。

"止血了吗？要是止血了，就回寝室去休息吧。"

"止了，没事了。"菊子用毛巾揩了揩鼻子，"我把脸盆弄脏了，马上就给您洗干净。"

"嗯，不用了。"

信吾赶紧把脸盆里的水放掉。他觉得血色仿佛在水底淡淡地溶化了。

信吾没有使用这脸盆，他用手掌接过来水，洗了洗脸。

信吾想把妻子叫醒帮一把菊子，可转念又想，菊子可能不愿让婆婆看见自己这副痛苦的模样。

菊子的鼻血好像喷涌出来似的。信吾感到犹如菊子的痛苦喷涌出来了。

信吾在镜前梳头的时候，菊子从他身边走了过去。

"菊子。"

"嗯。"菊子回首应了一声，径直走到了厨房里。她手拿盛有炭火的火铲走了过来。信吾看到了火花爆裂的情景。菊子把这些用煤气烧着的炭火添在饭厅的被炉里。

"啊！"信吾自己也吓了一跳，甚至喊出声来。他稀里糊涂把女儿房子已经回娘家的事忘得一干二净。饭厅之所以昏暗，乃是因为房子和两个孩子在贴邻房间里睡觉，房间没有打开木板套窗。

找人帮菊子的忙，本来不用唤醒老伴，唤醒房子就行了，可他在考虑要不要把妻子叫醒的时候，脑子里怎么也浮现不出房子的影子，这是有点奇怪的。

信吾刚把腿脚伸进被炉里，菊子就过来给他斟上了热茶。

"还晕吧？"

"还有点儿。"

"还早呢，今早你歇歇好了。"

"还是慢慢活动活动好。我出去拿报纸，吹吹冷风就好了。人们常说女人流鼻血，用不着担心。"菊子用轻松的口吻说，"今早也很冷，爸爸为什么这么早起来呢？"

"是为什么来着？寺庙的钟声还没敲响，我就醒了。那钟声无论冬天还是夏日，六点准敲响的。"

信吾先起床，却比修一晚去公司上班。整个冬天都是这样。

午餐时间，信吾邀修一到附近的一家西餐厅就餐。

"你知道菊子的额头有块伤疤吧？"信吾说。

"知道啊。"

"大概是难产，医生用夹子夹过的痕迹。虽说不是出生时的痛苦纪念，但菊子痛苦的时候，这伤疤似乎更加显眼。"

"今早吗？"

"是啊。"

"因为流鼻血，脸色不好，伤疤就显出来了。"

不知什么时候，菊子已把她自己流鼻血的事告诉修一了。信吾有点泄气。"就说昨天夜里，菊子不是没睡着吗？"

修一紧锁双眉。他沉默良久，然后说道：

"对外来人，爸爸用不着这么客气嘛。"

"什么叫外来人？不是你自己的老婆吗？"

"所以我才说，您对儿媳可以用不着客气嘛。"

"什么意思？"

修一没有回答。

三

信吾走进接待室，英子坐在椅子上，另一个女子站立着。

英子也站起来寒暄：

"多日不见。天气暖和起来了。"

"是啊，好久不见。有两个月了。"

英子总显得有点发胖，化的妆也比以前浓了。信吾想起来了，有一回他和英子去跳舞，曾觉得她的乳房顶多只有巴掌大。

"这位是池田小姐，过去曾跟您说过的……"英子一边介绍，一边流露出像是要哭的可爱眼神。这是她认真时的习惯。

"嗯，我姓尾形。"

信吾不能对这女子说，承蒙你关照修一了。

"池田小姐不愿来见您，说没有理由来见您。她很不愿意来，是我把她硬拉来的。"

"是吗？"信吾对英子说，"在这儿好，还是到外面找个地方好呢？"

英子征求意见似的望了望池田。

"我觉得在这儿就行了。"池田板着面孔说。

信吾心中有点张皇失措。

英子说过要把与修一的情妇同住的女子带来见信吾，信吾却置若罔闻。

辞职两个月之后，英子还要实现自己的诺言，这确实使信吾感到意外。

终于要摊牌谈分手的事了吗？信吾在等待池田或英子开口说话。

"英子唠唠叨叨的，我拗不过她，心想即使见了您也解决不了问题，可还是来了。"

实话说，池田的话里带着一种反抗的语调。

"不过，我这样来见您，是因为我以前也曾劝过绢子最好同修一分手。再说，我觉得来见您，促使他们分手，这也挺好的。"

"嗯。"

"英子说您是她的恩人，她很同情修一的太太。"

"真是位好太太。"英子插嘴说了一句。

"英子就是这样对绢子说的。可是，现在的女人很少因为情夫有个好太太，就放弃自己的爱。绢子曾说过：我还别人的丈夫，谁还我在战争中死去的丈夫？只要丈夫能活着回来，哪怕他见异思迁，在外找女人，我都让他自由，随他所好。她问我：池田，你以为怎么样？丈夫在战争中死去，就说我吧，自然都会有这种想法的。绢子还说：丈夫去打仗，我们还不是一直在耐心地等待吗？丈夫在战争中死了，我们怎么办？就说修一上我这儿来的事吧，既不用担心他会死，我也不会让他受伤，他还不是好好地回家了吗？"

信吾苦笑了。

"太太无论怎么好，她丈夫也没有在战争中死去啊。"

"哟，这就有点蛮不讲理了嘛。"信吾说。

"是啊，这是她酒醉后哭诉的……她和修一两人喝得烂醉，她让修一回家对太太说：你没经历过等待去打仗的丈夫归来的滋味吧？你等待的是肯定会归来的丈夫，不是吗？就这样说，好，你就对她这样说。我也是个战争寡妇，战争寡妇的恋爱又有什么不好的呢？"

"这话怎么讲？"

"男人嘛，就说修一吧，也不该喝醉嘛。他对绢子相当粗暴，强迫她唱歌。绢子讨厌唱歌，没法子，有时只好由我来小声唱唱。就是唱了，也不能使修一心情平静下来，把左邻右舍闹得不像样子……我被迫唱歌，也觉得受了侮辱，窝心得很。可我又想到，他不是在耍酒疯，而是在战地养成的毛病。说不定修一在战地的什么地方也这样玩弄女人吧。这样一想，从修一的失态中，我仿佛看到了自己那位在战争中死去的丈夫在战地上玩弄女人的样子。我不由得一阵揪心，头脑昏昏沉沉，在蒙眬中产生了一种错觉，自己仿佛成了丈夫玩弄的那个女人，唱着下流的歌，然后哭泣了。后来我告诉了绢子，绢子认为只有对自己的丈夫才会发生这种情况。也许是吧。后来每当我被修一逼着唱歌的时候，绢子也跟着哭了……"

信吾觉得这是一种病态，沉下脸来。

"这种事，你们为自己着想，也该趁早作罢。"

"是啊。有时修一走后，绢子便深切地对我说：池田，再这样下去就会堕落的啊！我说，既然如此，同修一分手不是挺好吗？可是，她又觉得一旦分手，往后可能会真的堕落了。大概绢子很害怕这点吧。女人嘛……"

"这点倒不必担心。"英子从旁插话说。

"是啊，她一直在勤奋地工作。英子也看见了吧。"

"嗯。"

"我这身衣服也是绢子缝的。"池田指了指自己的西服，"技术大概仅次于主任剪裁师吧。她深受店家的器重，替英子谋职的时候，店家当场就同意录用了。"

"你也在那店里工作吗？"

信吾惊讶地望着英子。

"是的。"英子点了点头，脸上微微飞起一片红潮。

英子是仰赖修一的情妇才进了同一家店，今天她又这样把池田带来了，信吾无法理解她的心情。

"我认为在经济上，绢子是不会太麻烦修一的。"池田说。

"当然是这样啰。经济问题嘛……"

信吾有点恼火，但话说到半截又吞了下去。

"我一看见修一欺侮绢子，就认真地这么说了。"池田耷拉着头，双手放在膝上，"修一毕竟也是负了伤回来的，他是个心灵上的伤兵，所以……"

池田仰起头来，又说："不能让修一另立门户吗？有时候我也这么想，倘使修一和妻子两人单独过，他或许会同绢子分手的。我也做了种种设想……"

"是啊，可以考虑考虑。"

信吾首肯似的回答了一句。尽管反驳了她的发号施令，但确实也引起了共鸣。

四

信吾对这个名叫池田的女子并无所求，所以他没有言语，只是听着对方的述说。

作为对方来说，信吾既然不肯俯就，倘使不是推心置腹地商量，又何必来见面呢。可她竟谈了这么多话，她似是为绢子辩解，其实又不尽然。

信吾觉得，是不是应该感谢英子和池田呢？

他并不怀疑、瞎猜这两人的来意。

然而，大概信吾的自尊心受到伤害了吧，归途他顺便去参加公司举行的宴会，刚一入席，艺伎就附耳低声说了些什么。

"什么？我耳背，听不见啊。"信吾有点生气，抓住艺伎的肩膀，旋即又松开了手。

"真痛啊！"艺伎揉了揉肩膀。

信吾拉长了脸。

"请到这儿来一下。"艺伎同信吾并肩走到廊道上。

十一点光景信吾回到家里，修一仍未回家。

"您回来了。"

房子在饭厅对面的房间里一边给小女儿喂奶，一边用一只胳膊肘支着脑袋。

"啊，我回来了。"信吾望了望里边，"里子睡着了？"

"嗯，刚睡着。方才里子问：一万元和一百万元哪个多？啊？是哪个多呢？引得大家捧腹大笑来着。刚说完外公一会儿回来，你问外公好了，她就睡着了。"

"嗯，她是说战前的一万元和战后的一百万元吧。"信吾边笑边说，"菊子，给我倒杯水来。"

"是。水？您喝水吗？"

菊子觉得稀罕，站起身走了。

"要井水呀，不要加了漂白粉的水。"

"是。"

"战前里子还没出世，我也还没结婚呢。"房子在被窝里说。

"不管战前战后，还是不结婚好啊。"信吾感叹。

听见后院井边的汲水声，信吾的妻子说：

"听见压水泵发出的嘎吱嘎吱声，也不觉得冷了。冬天里，为了给你沏茶，一大早菊子就嘎吱嘎吱地抽水井的水，在被窝里听见，都觉得冷呢。"

"嗯。其实我在考虑是不是让修一他们另立门户呢。"信吾小声地说。

"另立门户？"

"这样比较好吧？"

"是啊。要是房子一直住在家里……"

"妈妈，要是他们另立门户，我也要搬出去了。"

房子起来了。

"我搬出去，对吧？"

"这件事跟你无关。"信吾冒出一句。

"有关，大有关系呀。相原骂我说：你的脾气不好，你爸爸不喜欢你。我顿时气得都说不出话来了，我从来没有那样窝心过。"

"喂，安静点儿，都三十岁的人了。"

"没有个安乐窝，能安静得了吗？"

房子用衣服遮掩住她那丰满的胸部。

信吾疲惫似的站了起来。

"老太婆，睡吧！"

菊子将水倒进杯内，一只手拿着一片大树叶走了过来。信吾站着把水一饮而尽，问菊子：

"那是什么？"

"是枇杷的嫩叶。在朦胧的月光下，我看到水井前面摇曳着灰白色的东西，心想那是什么呢，原来是枇杷的嫩叶已经长大了。"

"真是女学生的兴味啊！"房子挖苦了一句。

夜声

一

信吾被一阵像是男人的呻吟声惊醒了。

是狗声还是人声，有点弄不清楚。起初信吾听到的是狗的呻吟声。

他以为是阿照濒死的痛苦呻吟声。它大概是喝了毒药吧。

信吾突然心脏悸动。

"啊！"他捂住胸口，仿佛心脏病发作似的。

信吾完全醒过来了。不是狗声，是人的呻吟声。是谁被卡住脖颈，舌头不听使唤。信吾不寒而栗。是谁被人加害了呢？

"听啊，听啊！"他听见有人好像这样呼喊。

是喉咙噎住以后发出的痛苦的呻吟声。语音不清。

"听啊，听啊！"

像是快要被加害似的。大概是说听啊，听听对方的意见和要求啊！

门口响起人倒下的声音。信吾耸耸肩膀，做出一副要起来的架势。

"菊子，菊子！"

原来是修一呼唤菊子的声音。[1]因为舌头不听使唤，他发不出"菊子"的音来。他酩酊大醉了。

信吾筋疲力尽，头枕枕头休息了。心房还在继续悸动。他一边抚摸胸口一边调整呼吸。

"菊子！菊子！"

修一不是用手敲门，仿佛是摇摇晃晃地用身体去撞门。

信吾本想喘一口气再去开门，转念又觉得自己起来去开门不太合适。

看来是修一充满痛苦的爱和悲哀在呼唤菊子，好像是一种不顾一切的声音。只有在极端疼痛和苦楚的时候，或者生命遭受危险威胁的时候，才会发出这种像幼儿在呼唤母亲的稚嫩声音，又像呻吟，也像从罪恶的深渊发出的呼喊。修一用他那颗可怜的赤裸裸的心在向菊子撒娇。或许他以为妻子听不见，再加上几分醉意，才发出这种撒娇之声的吧。这也像是在恳求菊子的声音。

"菊子！菊子！"

修一的悲伤也传染给了信吾。

哪怕是一次，自己充满这种绝望的爱呼唤过妻子的名字吗？恐怕自己也没经历过修一有时在战场上生出的那种绝望吧。

---

1 日语"菊子"与"听啊"发音近似。

但愿菊子醒来就好了。于是，信吾支起耳朵倾听。让儿媳听见儿子这种凄厉的声音，他也多少有些难为情。信吾想过，假如菊子没起来，就把妻子保子叫醒，可还是尽可能让菊子起来好。

信吾用脚尖把热水袋推到被窝边上。虽是春天了，但还使用热水袋，才引起心跳急促的吧。

信吾的热水袋是由菊子负责料理的。

"菊子，灌热水袋就拜托你了。"信吾经常这么说。

菊子灌的热水袋，保暖时间最长，热水袋口也封得最严实。

保子不知是固执呢还是健康，到这把年纪了，她还是不爱使用热水袋。她的脚很暖和。五十多岁时，信吾还靠妻子的身体取暖，近年来才分开的。

保子从不曾把脚伸到信吾的热水袋那边。

"菊子！菊子！"又传来了敲门声。

信吾拧开枕边的灯，看了看表，快两点半了。

横须贺线的末班电车是凌晨一点前抵达镰仓。修一抵达镰仓后，大概又待在站前的酒铺里了。

方才听见修一的声音，信吾心想：修一了结同那个东京情妇的关系之事，指日可待了。

菊子起来，从厨房里走出去了。

信吾这才放心，把灯熄灭了。

原谅他吧！信吾仿佛在对菊子说，其实是在喃喃自语。

修一像是双手抓住菊子的肩膀走进来的。

"疼！疼！放手！"菊子说，"你的左手抓住我的头发啦！"

"是吗？"

两人缠作一团倒在厨房里了。

"不行！别动……放在膝上……喝醉了，腿脚肿了。"

"腿脚肿了？胡说！"

菊子像是把修一的腿脚放在自己的膝上，替他把鞋子脱了下来。

菊子宽恕他了，信吾不用挂心了。夫妻之间，菊子也能这般宽容，实话说这种时候信吾也许会感到高兴。

或许菊子也清楚地听见了修一的呼唤。

尽管如此，修一是从情妇那里喝醉才回来的，菊子还把他的腿脚抱起来放在自己的膝上，然后给他脱鞋，这使信吾感受到了菊子的温存。

菊子让修一躺下之后，走去关厨房门和大门。

修一的鼾声连信吾都听见了。

修一由妻子迎进屋里之后，很快就入梦了。刚才一直陪同修一喝得烂醉的绢子那个女人，处境又是怎么样的呢？修一在绢子家里一喝醉就撒野，不是把绢子都给弄哭了吗？

况且，菊子尽管由于修一亲近绢子而不时脸色刷白，可腰围却变得丰满了。

二

修一的鼾声很快就停止了。信吾却难以成眠。

信吾想到，难道保子打鼾的毛病也遗传给儿子了吗？

不是的，或许是今晚饮酒过量了吧。

最近信吾也没听见妻子的鼾声。

寒冷的日子，保子依然酣然入睡。

信吾夜里睡眠不足，翌日记忆力更坏，就心烦意乱，有时陷入感伤的深渊之中。

或许信吾刚才就是在感伤中听见修一呼唤菊子的声音。或许修一不仅是因为舌头不听使唤，而且是借着酒疯来掩饰自己内心的羞愧。

通过含糊不清的话语感受到的修一的爱和悲哀，只不过是信吾感受到的自己对修一的期望罢了。

不管怎么说，这呼喊声使信吾原谅修一了，而且觉得菊子也原谅了修一。信吾因而理解了所谓骨肉的利己主义。

信吾对待儿媳菊子十分温存，归根结底仍然存在着偏袒亲生儿子的成分。

修一是丑恶的。他在东京的情妇那里喝醉了回来，几乎倒在自家的门前。

假如信吾出去开门，皱起眉头，修一也可能会醒过来吧。幸亏是菊子开门，修一才能抓住菊子的肩膀走进屋里来。

菊子是修一的受害者，同时也是修一的赦免者。

二十岁刚出头的菊子，同修一过夫妻生活，要坚持到信吾和保子这把年纪，不知得重复宽恕丈夫多少次。菊子能无止境地宽恕他吗？

话又说回来，夫妻本来就像一块可怕的沼泽地，可以不断地吸收彼此的丑行。不久的将来，绢子对修一的爱和信吾对菊子的爱等，都会被修一和菊子夫妇的这块沼泽地吸收得不留痕迹吗？

信吾觉得战后的法律，将家庭以父子为单位，改为以夫妻为单位，这是颇有道理的。

"就是说，是夫妇的沼泽地。"信吾自语了一句。

"让修一另立门户吧。"

也许是年龄的关系，竟落下这样的毛病：心中所想的事，不由得变成自语了。

"是夫妇的沼泽地"，信吾这句话还包含着这样一层意思：夫妇俩单独生活，必须相互容忍对方的丑行，使沼泽地深陷下去。

所谓妻子的自觉，就是从面对丈夫的丑恶行为开始的吧。

信吾眉毛发痒，用手揉了揉。

春天已经来临。

半夜醒来，也不像冬天那样令人厌烦了。

被修一的声音搅扰之前，信吾早已从梦中惊醒了。当时还把梦境记得一清二楚，可是，被修一搅扰之后，那梦境几乎都忘得一干二净了。

或许是自己心脏的悸动，把梦的记忆都驱散了。

留在记忆里的，就剩下一个十四五岁的少女堕胎的事，以及"于是，某某子成了永恒的圣女"这句话了。

信吾在读物语。这句话是那部物语的结束语。

信吾朗读起物语来，同时物语的情节也像戏剧和电影那样，在梦中展现出来。信吾没有在梦中登场，是完全站在观众的立场上。

十四五岁就堕胎，还是所谓的圣女，太奇怪了。而且，这是一部长篇物语。信吾在梦中读了一部物语名作，是描写少男少女的纯真爱情。读毕，醒来时还留下了几分感伤。

故事是少女不知道自己已经有身孕，也没想到要堕胎，只是一往情深地恋慕着被迫分离了的少年。这一点是不自然的，也是不纯洁的。

忘却了的梦，日后也无法重温。阅读这部物语的感情，也是一场梦。

梦中的少女理应有个名字，自己也理应见过她的脸，可是现在只有少女的身材，准确地说，是矮小的身材，还留下朦胧的记忆。好像是身穿和服。

信吾以为梦见的少女，就是保子那位美貌的姐姐的姿影，但又好像不是。

梦的来源，只不过是昨日晚报的一条消息。

这条消息冠以这样的大标题："少女产下孪生儿。青森奇闻"。内容是："据青森县的公共卫生处调查，县内根据《优生保护法》进行人工流产者，其中十五岁的五人，十四岁的三人，十三岁的一人，处于十六岁至十八岁的高中生年龄的有四百人，其中高中生占百分之二十。此外，初中生怀孕的，弘前市一人，青森市一人，南津轻郡四人，北津轻郡一人。还了解到，由于缺乏性知识，虽经专科医生治疗，死亡者仍然占百分之零点二，造成重病者占百分之二点五，招致如此可怕的结果。至于偷偷让指定医生以外的人处理以致死亡的生命（年幼的母亲），更是令人寒心。"

分娩实例也列举了四例。北津轻郡一个十四岁的初中二年级学生，去年二月突然阵痛，觉得要分娩，就产下孪生子，母子平安。年幼的母亲在初中二年级走读。父母都不知道女儿怀孕的事。

青森市十七岁的高中二年级学生，和同班男同学私订终身，去年夏天怀了孕。双方父母认为他们还是少男少女，就让做了人工流产。可是，那个少男却说："我们不是闹着玩，我们最近要结婚。"

这则新闻报道，使信吾受到了刺激，成眠后就做了少女堕胎的梦。

然而，信吾的梦并没有把少男少女的那些事看作是丑、是坏，而是作为纯真的爱情故事，看作是"永恒的圣女"。他入睡之前，压根儿就没有想过这件事。

信吾受到的刺激，在梦中变得非常之美。这是为什么呢？

也许，信吾在梦中拯救了堕胎的少女，也拯救了自己。

总之，梦境表现了善意。

信吾反思：难道自己的善良在梦中觉醒了吗？难道在衰老之中摇晃的对青春的依恋，使自己梦见了少男少女的纯真爱情吗？他沉醉在感伤之中。

或许是因为这梦后的感伤，信吾才带着善意去倾听修一那呻吟般的呼唤声，感受到爱和悲哀吧。

三

翌晨，信吾在被窝里听见菊子摇醒修一的声音。

最近信吾常常早起，很是懊恼。爱睡懒觉的保子劝道：

"老不服老，早起会招人讨厌的啊。"

信吾也自觉比儿媳早起不好，他总是悄悄地打开门厅的门，取来报纸，又躺回被窝里，悠闲地阅读。

好像是修一到洗脸间去了。

修一在刷牙，大概将牙刷放在嘴里不舒服吧，他不时发出令人讨厌的声音。

菊子碎步跑进了厨房。

信吾起来了。他在走廊上遇见从厨房折回来的菊子。

"啊！爸爸。"

菊子驻步，险些撞个满怀，她脸上微微染上了一片红潮，右手拿着的杯子洒出了什么。菊子大概是去厨房把冷酒拿来，用酒解酒，解修一的宿醉吧。

菊子没有化妆，苍白的脸上微带绯红，睡眼洋溢着腼腆的神色，两片没抹口红的薄唇间露出了美丽的牙齿。她羞怯地微微笑了笑。信吾觉得她可爱极了。

菊子身上还残留着这样的稚气吗？信吾想起了昨夜的梦。

然而，仔细想来，报纸报道的那般年龄的少女，结婚生孩子也没什么稀奇的。古时早婚，自然存在这种情况。

就说信吾自己吧，与这些少年同年龄时，已经深深地倾慕保子的姐姐了。

菊子知道信吾坐在饭厅里，就赶忙打开那里的木板套窗。

阳光带着春意射了进来。

菊子不禁惊讶于阳光的璀璨。她觉察信吾从后边盯着她，便倏地将双手举到头上，将凌乱的头发束了起来。

神社的大银杏树还未抽芽。可是，不知为什么，在晨光中，鼻子总嗅到一股嫩叶的芳香。

菊子麻利地打扮完毕，将沏好的玉露茶端上来。

"爸爸，我上茶晚了。"

信吾醒来就要喝开水沏的玉露茶。水太热反而难沏。菊子掌握火候是最拿手的。

信吾心想，如果是未婚姑娘沏的茶，恐怕会更好吧。

"给醉汉端去解醉的酒，再给老糊涂沏玉露茶，菊子也够忙的啦。"信吾说了一句逗乐的话。

"哎哟！爸爸，您知道了？"

"我醒着呢。起初我还以为是阿照在呻吟。"

"是吗？"

菊子低头坐着，仿佛难以站立起来似的。

"我呀，比菊子先被吵醒了。"房子从隔扇的另一边说，"呻吟声实在令人讨厌，听起来怪吓人的。阿照没有吠叫，我就知道肯定是修一。"

房子穿着睡衣，就让小女儿国子叼着奶头，走进了饭厅。

房子其貌不扬，乳房却是白白嫩嫩的，非常美。

"喂，瞧你这副模样像话吗？邋里邋遢的。"信吾说。

"相原邋遢，不知怎的，我也变得邋里邋遢了。嫁给邋遢的汉子，还能不邋遢吗？没法子呀，不是吗？"房子一边将国子从右奶倒换到左奶，一边执拗地说，"既然讨厌女儿邋遢，当初就该调查清楚女婿是不是个邋遢人。"

"男人和女人不同嘛！"

"是一样的。您瞧修一。"

房子正要去洗脸间，菊子伸出双手，房子顺手将小女儿塞给她。小女婴哭了起来。

房子也不理睬，朝里边走去。

保子洗完脸后过来了。

"给我。"保子把小外孙女接过来。

"这孩子的父亲不知有什么打算，从大年夜房子回娘家到今天都两个多月了，老头子说房子邋遢，可我们家老头子在最关键的时候，不也是邋邋遢遢的吗？除夕那天晚上，你说：嘿！算了，分明是断缘分了嘛。可还糊里糊涂地拖延下去。相原也没来说点什么。"

保子望着手中的婴儿说。

"听修一说，你使唤的那个叫谷崎的孩子是个半寡妇呢。那么，房子也算是个半离婚回娘家的人。"

"什么叫半寡妇？"

"还没结婚，心爱的人却打仗死了。"

"战争期间，谷崎不还是个小女孩儿吗？"

"虚岁十六七岁了吧。该有心上人啦。"

信吾没想到保子居然会说出"心上人"这样的话来。

修一没有吃早饭就走了，可能是心情不好。不过，时间也的确是晚了。

信吾在家里一直磨蹭到上午邮差送信来的时候。菊子将信摆在他的面前，其中一封是写给她的。

"菊子。"信吾把信递给了她。

大概菊子没看信封上收件人的名字，就都拿来给信吾了吧。菊子难得收到信。她也不曾等过信。

菊子当场读起信来。读罢，她说：

"是朋友的来信。信中说她做了人工流产，术后情况不好，住进了本乡的大学附属医院。"

"哦？"

信吾摘下老花镜，望了望菊子的脸。

"是不是无执照的黑产婆给做的人工流产？多危险啊！"

信吾想，晚报的报道和今早的信，怎么那样巧合，连自己也做了堕胎的梦。

信吾感到某种诱惑，想把昨晚的梦告诉菊子。

然而，他说不出口，只是凝望着菊子，仿佛自己心中荡漾着青春的活力。突然，他又联想到或许菊子也怀孕了，她不会是正想做人工流产吧? 信吾不禁愕然。

四

电车通过北镰仓的山谷，菊子惊奇地眺望着车窗外说：

"梅花盛开啦！"

车窗近处，植了许多梅树。信吾在北镰仓每天都能看见，也就熟视无睹了。

"咱家的院子里不是也开花了吗？"信吾说。那里只种了两三株梅树。他想，也许菊子是今年第一次看到梅花。

如同难得收到来信一样，菊子也难得出一趟门。平时充其量步行到镰仓街去采购而已。

菊子要到大学附属医院去探望朋友，信吾和她一起出来了。

修一情妇的家就在大学前边，信吾有点放心不下。

一路上信吾真想问问菊子是不是怀孕了。

本来这不是什么难以启齿的事，可信吾却没有把话说出来。

信吾不再听到妻子保子谈及女人月经的事，已经好几年了吧。一过更年期，保子就什么都不说了。对于女性来说，可能此后不是健康问题，而是绝经的问题了。

保子完全没有谈及，信吾也把这件事忘却了。

信吾想探问菊子，才想起保子的事来。

倘使保子知道菊子要到医院妇产科，也许会叫她顺便去检查检查的。

保子跟菊子谈过孩子的事。信吾也曾见过菊子很难过似的倾听着的样子。

菊子也肯定会对修一坦白自己的身体状况。信吾记得，过去从友人那里听说过，向男人坦白这些事，对女人来说是绝对需要的。如果女人另有情夫，让她坦白这种事，她是会犹豫的。信吾很是佩服这些话。

亲生女儿也不会对父亲坦白的。

迄今，信吾和菊子彼此都避免谈及修一的情妇的事。

假如菊子怀了孕，表明她受到修一情妇的刺激，变得成熟了。信吾觉得这种事真让人讨厌，人就是这样吗？所以他感到向菊子探询孩子的事，未免有点隐晦、残忍。

"昨天雨宫家的老大爷来了，妈妈告诉您了吧？"菊子冷不防地问道。

"没有，没有听说。"

"他说东京那边愿意赡养他，他是来辞行的。他要我们照顾阿照，还送来了两大袋饼干。"

"喂狗的？"

"嗯。大概是喂狗的吧。妈妈也说了，一袋人可以吃嘛。据说，雨宫的生意兴隆，扩建房子了，老大爷显得很高兴哩。"

"恐怕是吧。商人快快把房子卖掉，又快快盖起新房，另起炉灶。我却是十年如一日啊。只是每天乘坐这条横须贺线的电车，什么事都怕麻烦啊。前些日子，饭馆里有个聚会，是老人的聚会，都是些几十年如一日地重复着同样工作的人，真腻烦啊，真疲劳啊。来迎的人不也该来了吗？"

菊子一时弄不明白"来迎的人"这个词是什么意思。

"结果，'来迎的人'说，我要到阎王爷那儿，可我们的部件又没罪。因为这是人生的部件。人活着的时候，人生的部件要受人生的惩罚，这不是很残酷吗？"

"可是……"

"对。什么时代什么样的人能使整个人生活跃起来，这也是个疑问。比如这家饭馆看管鞋子的人怎么样呢，每天只管将客人的鞋子收起来、拿出来就可以了。有的老人信口说：部件活用到这份儿上，反而轻松了嘛。可是一询问女侍，她说那个看管鞋子的老大爷也吃不消哩。他的工作间四边都是鞋架，每天待在地窖般的地方，一边又开腿烤火，一边给客人擦鞋。门厅的地窖，冬冷夏热。咱家的老太婆也是很喜欢谈养老院的。"

"是说妈妈吗？可是，妈妈说的，不是同年轻人常爱说的真想死是一样的吗？这更是满不在乎啰。"

"她说她会活得比我长，还蛮有把握似的。但是，你说的年轻人是指谁呢？"

"您问指谁吗……"菊子吞吞吐吐地说，"朋友的信上也写了。"

"今早的信？"

"嗯。这个朋友还没有结婚。"

"嗯。"

信吾缄口不语，菊子也无法再说下去了。

正好这时电车开出了户冢。从户冢到保土谷之间的距离很长。

"菊子！"信吾喊了一声，"我很早以前就考虑过了，不知你们有没有打算另立门户呢？"

菊子盯着信吾的脸，等待着他说出后面的话。最后她用诉苦似的口吻说：

"这是为什么呢，爸爸？是因为姐姐回娘家来了吗？"

"不，这同房子的事没有关系。房子是以半离婚的形式回到娘家来的，对菊子实在过意不去。不过，她即使同相原离婚，也不会在咱家长住下去吧。房子是另一码事，我说的是菊子你们两人的问题哪。菊子另立门户不是更好吗？"

"不。按我说，爸爸心疼我，我愿意和爸爸在一起。离开爸爸，不知该多胆怯啊。"

"你说得真恳切啊！"

"哎哟，我在跟爸爸撒娇哩。我是个幺女，撒娇惯了，大概是在娘家也得到家父疼爱的缘故吧，我喜欢和爸爸住在一起。"

"亲家爹很疼爱菊了，这点我很明白。就说我吧，因为有菊子在身边，不知得到了多大的安慰。如果你们另立门户，定会感到寂寞的。修一做出了那种事，我过去一直没跟菊子商量。我这个父亲是不配和你一起住下去的。如果你们两人单独住，只有你们俩，问题或许会更好解决，不是吗？"

"不！即使爸爸什么也不说，我也明白爸爸惦挂着我，在安慰我。我就是靠着这份情意，才这样待下来的。"

菊子的大眼睛里噙满了泪珠。

"一定要我们另立门户的话，我会感到害怕。我一个人无论如何也无法安静地在家里等待，肯定会很寂寞、很悲伤、很害怕。"

"不妨试试一人等待看看嘛。不过，唉，这种话就不该在电车里谈。你先好好想想。"

菊子或许是真的害怕了，她的肩膀仿佛在发颤。

在东京站下了车，信吾叫了出租车把菊子送到本乡去。

可能是娘家父亲疼爱惯了，也可能是刚才情绪过分激动的缘故，菊子似乎也不觉得她这番表现有什么不自然。

尽管这种时候不会赶巧遇到修一的情妇在马路上走，但信吾总感到存在这种危险，所以停车后一直目送着菊子走进了大学附属医院。

春天的钟

一

花季的镰仓，适逢佛都七百年祭，寺庙的钟声终日悠扬不止。这钟声，有时信吾却听不见。菊子不论是在勤快地干活，还是在说话，都可以听见，而信吾不留意就听不见。

"喏，"菊子告诉信吾，"又响了，您听。"

"哦？"

信吾歪着脑袋，对保子说：

"老太婆，你听见了吗？"

"听见了。连那个也听不见？"保子不愿理睬，将五天的报纸摞在膝上，慢慢地阅读。

"响了，响了。"信吾说。

只要听见一次，以后就容易听见了。

"一说听见了，你就高兴。"保子将老花镜摘下来，望了望信吾。

"庙里的和尚成天撞钟，也够累的。"

"撞一次得缴纳十元呢，那是让香客撞的啊，不是和尚撞。"菊子说。

"那倒是个好主意。"

"人家说，那是供奉的钟声……听说计划让十万甚至百万人撞呢。"

"计划？"

信吾觉得这句话很滑稽可笑。

"不过，寺庙的钟声太忧郁，怪讨厌的。"

"是吗，很忧郁吗？"

信吾正在想，四月的星期天，在饭厅里一边观赏樱花，一边聆听钟声，多悠闲自在啊。

"所说的七百年，是指什么七百年？大佛七百年了，日莲上人[1]也七百年了。"保子问道。

信吾回答不出来。

"菊子知道吗？"

"不知道。"

"真滑稽，我们白住在镰仓了。"

"妈妈，您膝上的报纸没刊登什么吗？"

"也许刊登了吧。"

保子将报纸递给菊子。报纸整整齐齐地摞在一起。自己的手头只

---

1 日莲上人（1222—1282），日本镰仓时代的僧人，日莲宗的鼻祖。

留下一份。

"对了，我好像也在报上读过。但是，一读到一对老夫妻离家出走的消息，我就感同身受，脑子里只记住这件事了。你也读了这段消息吧？"

"嗯。"

"称作日本游艇界恩人的日本划船协会副会长……"保子刚念完报纸上文章的开头，就用自己的话说，"他是创建小艇和快艇公司的经理，已经六十九岁，妻子也六十八岁了。"

"这件事怎么会让你感同身受呢？"

"上面刊登了写给养子夫妇和孙子的遗书。"

然后保子又念起报纸来。

"他们在给养子夫妇的遗书中写道：一想到只是活着，却被人们遗忘了的凄凉的身影，就不想活到那份儿上了。我们十分理解高木子爵[1]的心情，觉得一个人在众人爱戴之中消失，这是最好不过的。应该在家人深切的爱中，在许多朋友、同辈、后辈友情的拥抱中离去。在给小孙子的遗书中则写道：虽然日本的独立指日可待，可前途是暗淡的。惧怕战争灾难的年轻学生如若渴望和平，不彻底贯彻甘地式的不抵抗主义是不行的。我们年迈，要朝着自己坚信的正确道路前

1　指高木正得，三笠宫妃之父，1948 年留下遗书后失踪，后被发现自杀于山林中。

进，并对后辈加以指导，已是力不从心了。徒劳无益地等待那'令人讨厌的年龄'的到来，岂不虚度此生。我们只希望给孙儿们留下一个好爷爷、好奶奶的印象。我们不知道会到哪儿去，但愿能安眠，仅此而已。"

保子念到这里，沉默了一会儿。

信吾把脸扭向一边，凝望着庭院里的樱花。

保子一边读报一边说："他们离开东京的家，到大阪去拜访他们的姐姐之后就失踪了……那位大阪的姐姐已经八十岁了。"

"妻子没有留下遗书吗？"

"啊？"

保子一愣，抬起脸来。

"妻子没有留下遗书吗？"

"你说的妻子，是指那位老太婆吗？"

"当然是啰。两个人一起去寻死，按理说妻子也应留下遗书嘛。比如你我一道殉情，你也需要写下什么遗言的吧。"

"我可不需要。"保子淡漠地说，"男女都写下遗书的，是年轻人的殉情啊。那也是因为两人不能结合而悲观……至于夫妻，一般只要丈夫写了就行，我这号人现在还会有什么遗言需要留下呢？"

"真的吗？"

"我一个人死，那又另当别论。"

"一个人死，那就千古遗恨啦。"

"都这把年纪了，即便有也等于无啰。"

"老太婆不想死也不会死，这是她无忧无虑的声音哪。"

信吾笑了。

"菊子呢？"

"问我吗？"菊子有点迟疑，慢条斯理地低声说。

"假使和修一殉情，你自己不留下遗书吗？"信吾漫不经心地说过之后，又觉得真糟糕。

"不知道。到了那份儿上会是什么样呢？"菊子说着将右手拇指插到腰带间，像要松松腰带，望着信吾。

"我觉得好像要给爸爸留下点什么话似的。"

菊子充满稚气的眼睛湿润了，最后噙满泪水。

信吾感到保子没有想到死，菊子却未必没有想到死。

菊子身子向前倾斜，以为她要伏地痛哭一场，原来只是站立起来走了。

保子目送她走后，说："真怪，有什么可哭的呢？这样会得神经官能症的。这是神经官能症的迹象呢。"

信吾把衬衫扣子解开，将手插到怀里。

"心跳得厉害吗？"保子问。

"不，是乳头痒，乳头发硬，怪痒的。"

"真像个十四五岁的女孩子哟。"

信吾用指尖抚弄着左乳头。

夫妇双双自杀，丈夫写下遗书，妻子却不写。妻子是让丈夫代写呢，还是与丈夫一起写的呢？信吾听着保子念报，对这点抱有疑问，也颇感兴趣。

是长年陪伴，成为一体同心了，还是老妻连个性和遗言都丧失殆尽了呢？

妻子本来没有理由要去死，却为丈夫的自杀而殉身，让丈夫把自己所要说的那份话也包含在遗言中，难道她就没有什么可留恋、可后悔、可迷惘的吗？真不可思议。

然而眼下信吾的老伴也说，如果殉情，她不需要写什么遗书，只要丈夫写就行了。

什么也不言语，只顾伴随男人去死的女人——偶尔也有男女倒过来的，不过大多数是女人跟随——这样的女人如今已经老朽，并且就在自己身边，信吾有点惊恐了。

菊子和修一这对夫妇结合在一起的岁月虽短，眼前却波澜起伏。

面对这样的菊子，自己却去询问：假使和修一殉情，你自己不留下遗书吗？这种提问未免太残酷，会使菊子痛苦的。

信吾也感觉到菊子正面临危险的深渊。

"菊子向爸爸撒娇，才为那种事掉眼泪。"保子说，"你只顾一味心疼菊子，却不给她解决关键的问题。就说房子的事吧，不也是这样吗？"

信吾望着庭院里怒放的樱花。

那棵大樱树下，八角金盘长得非常茂盛。

信吾不喜欢八角金盘，本打算樱花开前，一棵不剩地把八角金盘除净，可今年三月多雪，不觉之间樱花已绽开了。

三年前曾将八角金盘除净过一次，岂料它反而滋生得更多。当时想过，干脆连根拔掉就好了。现在果然证实当时要是那样做就好了。

信吾挨了保子的数落，对八角金盘叶子的碧绿更加讨厌了。要是没有那丛生的八角金盘，樱树的粗大树干便是独木而立，它的枝丫就会所向无阻地伸展开去，任凭枝头低垂展向四方。不过，即使有八角金盘，它也是扩展了。

而且居然开了许多花。

在晌午阳光的照耀下，漫天纷飞的樱花，尽管颜色和形状都不那么突出，却给人布满空间的感觉。现在正是鲜花盛开，怎会想到它的凋零呢？

但是，一瓣两瓣地不断飘落，树下已是落花成堆。

"原来只以为报纸净登年轻人遇害或死亡的消息，岂料老年人的事也见报了，还是有反应的啊！"保子说。

保子似乎反复读了两三遍那段老年夫妇的消息——"在众人爱戴

之中消失"。

"前些时候报上曾经刊登过这样一条新闻：一个六十一岁的老大爷本想将患有小儿麻痹症的十七岁男孩送进圣路加医院，于是从栃木来到了东京，老大爷背着孩子，让他游览了东京，不料这孩子唠叨不休，说什么也不愿意上医院，结果老大爷用手巾把孩子给勒死了。"

"哦？我没读过。"信吾暧昧地回答了一句。他想起自己关心的是青森县少女堕胎的消息，甚至还做梦了。

自己同老妻是多么不同啊。

二

"菊子！"房子唤道，"这部缝纫机怎么老是断线，是不是有毛病？你来看看好吗？是胜家牌，机器应该是可以的嘛，是我的手艺笨拙了？我歇斯底里了？"

"也许是机器失灵了。这是旧东西，我学生时代用的。"

菊子走进那房间里。

"不过，它还是听我使唤的。姐姐，我替你缝。"

"是吗？里子老缠着我，我心里很烦躁，差点把她的手也缝上。尽管不可能缝到手，可这孩子把手放在这儿，我看着看着针脚，眼睛就模糊不清。布料和孩子的手朦朦胧胧的，仿佛粘在一起了。"

"姐姐，你太疲劳啦！"

"就是说，是歇斯底里呀。要说疲劳，得数菊子啰。在这个家里，不累的就是爸爸和妈妈了。爸爸已过花甲之年，还说什么奶头痒痒，分明是愚弄人嘛。"

菊子到大学附属医院去探望朋友，归途中给房子的两个小孩买了一块西服料子。房子正在缝制，所以对菊子也抱有好感。

然而，菊子取代房子，一坐到缝纫机前，里子就露出了不悦的神色。

"舅妈给你买布料，还为你缝衣服呢，不是吗？"房子一反常态致歉说，"真对不起。在这方面孩子跟相原一模一样。"

菊子把手搭在里子的肩上，说：

"跟外公去看大佛好不好？有金童玉女出来，还有舞蹈呢。"

在房子的劝诱下，信吾也出门了。

他们在长谷大街上漫步，看见香烟铺门口放着盆栽的山茶花。信吾买了一包光明牌香烟，并称赞了一番盆栽。盆栽挂着五六朵斑驳的重瓣山茶花。

香烟铺老板说，重瓣花色斑驳不好，论盆栽山茶花最好。他将信吾带到里院。这是四五坪大的菜地，在这个菜地前堆放着成排的盆栽。山茶树是棵老树，树干苍劲，充满了活力。

"不能让花总缠在树上，就把花给揪下来了。"香烟铺老板说。

"这样也还开花吗？"信吾探问。

"虽然开了很多花，但我们只适当地留下几朵。店铺前的山茶花绽开了二三十朵哪。"

香烟铺老板谈了侍弄盆栽的经验，还谈到镰仓人爱好盆栽的一些传闻。他这么一说，信吾想起商店街店铺的窗户上经常摆放着盆栽的情景来。

"谢谢，真是好享受啊。"

信吾刚要走出店铺，香烟铺老板又说：

"虽然没有什么好东西，不过后面有些还可以……栽一盆山茶花，为了不让它枯萎，不让它变丑，这里就产生责任问题，对偷懒者来说倒是有好处啊。"

信吾边走边点燃了一支刚买来的光明牌香烟。

"烟盒上画了一尊大佛，是为镰仓制作的。"

信吾说着将烟盒递给了房子。

"让我看看。"

里子踮着脚拿去了。

"去年秋天房子从家中出走后，到过信州吧？"

"不是什么出走。"

房子顶撞了信吾一句。

"那时候，在老家没看过盆栽吗？"

"没看过。"

"是吧。已经是四十年前的事了。老家的外公爱好盆栽，就是保子她爹啊。可是，保子却不懂侍弄盆栽，也漫不经心，粗枝大叶，所以外公就喜欢大姨妈，让大姨妈照顾盆栽了。大姨妈是个大美人，和你妈简直不像是亲姐妹。一天早晨，盆栽架上积满了雪，大姨妈留着天真的刘海，身穿红色元禄袖和服在除花盆上的积雪，那副姿影至今仍历历在目。她轮廓分明，美极了。信州寒冷，呵气是白的。"

那白色的呵气犹如少女的温柔和芬芳。

时代不同了，房子与往事没有瓜葛，倒是好事。信吾倏然落入回忆中。

"可是，刚才看到的山茶花，精心栽培还不到三四十年吧。"

恐怕树龄相当高了。在花盆里要栽到树干长出瘤子来，不知得费多少年啊。

保子的姐姐辞世以后，供奉在佛龛里的红叶盆栽，会有人照料，不至于枯萎吧？

三

三人来到寺院内，正好赶上童男童女整队行进在大佛前的铺石路上。看上去是从远方走来的，有的已经露出了倦容。

房子抱起里子，站在人墙的后面。里子把视线投向穿着华丽的长袖和服的童男童女身上。

听说这里竖立着一块与谢野晶子[1]的诗碑，他们就走到了后院，只见石碑上刻着放大了的据说是晶子本人的字。

"果然写成了释迦牟尼……"信吾说。

然而，房子不懂这首脍炙人口的诗歌，信吾有点扫兴。晶子的诗是："镰仓有大佛，释迦牟尼是美男。"

可是信吾却说："大佛不是释迦牟尼，实际上是阿弥陀佛。因为弄错了，所以诗歌也改了。如今在流行的诗歌中将释迦牟尼改称阿弥陀佛或者大佛，音韵不协调，佛字又重复。但是，就这样刻成诗碑，毕竟还是错误啊。"

诗碑旁边围着布幕，设有淡茶招待。房子从菊子那里拿到了茶券。

信吾望着露天底下的茶的颜色，以为里子要喝茶，不料里子却用一只手抓住了茶碗边。那是供点茶用的一只很普通的茶碗，但信吾还是帮她捧住茶碗说：

"很苦哩。"

1　与谢野晶子（1878—1942），日本女诗人。

"苦吗？"

里子在喝茶之前，装出一副很苦的样子。

跳舞的少女们走进布幕里来了。其中一半坐到了入口处的折叠椅上，其余的则向前挤拥，几乎是人叠人了。她们都浓妆艳抹，身穿华丽的长袖和服。

在少女们的后面，立着两三棵小樱树，花儿盛开。花色比不上长袖和服的鲜艳，显得有点雅淡。阳光洒落在对面树林悠悠的碧绿上。

"水，妈妈，我要喝水。"里子一边观看跳舞的少女们一边说。

"这里没有水，回家再喝吧。"房子抚慰了一句。

信吾忽然也想喝水。

不记得是三月的哪一天了，在横须贺线的电车上，信吾看见一个跟里子一般大的女孩子，在品川站月台上的自来水管旁喝水。开始，一拧开水龙头，水就往上冒，女孩子吓了一跳，笑了起来。那副笑脸可爱极了。她母亲给她调了调水龙头。信吾目睹这女孩子喝得美滋滋的神态，感受到今年的春天到来了。此时，他想起了这件事。

看到这群身着舞装的少女，里子和自己都想喝水，这是什么道理呢？信吾在思考的时候，里子又纠缠起来：

"衣服，给我买衣服。我要衣服。"

房子站起身。

在跳舞少女的中央，有个比里子大一两岁的女孩子。她眉毛又粗又短，描得稍低，挺可爱的。脸上镶嵌着两只圆铃般的眼睛，边沿抹上了胭脂。

房子牵着里子的手，里子直盯住那个女孩子，一走到布幕外，里子就想走到女孩子那边去。

"衣服，衣服。"里子不停地嚷道。

"衣服，里子庆贺七五三[1]，外公会给你买的。"房子话里有话，"这孩子打生下来就没穿过和服哩。连襁褓也是用旧浴衣改的，是由旧和服的碎片拼凑起来的。"

信吾在茶铺休息，要来了水。里子一口气喝了两杯。

从大佛的院内出来，又走了一程，遇见一个身穿舞蹈和服的小女孩，由她母亲牵着，像是匆匆回家的样子，她们与里子擦身而过。信吾心想，糟了，赶紧搂住里子的肩膀，可是为时已晚。

"衣服！"里子要抓那女孩的袖子。

"讨厌！"那女孩躲闪开，却踩住长袖摔倒了。

"啊！"信吾喊了一声，双手捂住了脸。

被车轧了。信吾只听见自己的呼喊声，但好像许多人在同时呼喊。

车子紧急刹住了。三四个人从吓得呆若木鸡的人群中跑过来。

女孩子蓦地爬起来，紧紧抱住她母亲的衣服下摆，哇地大哭

1　在日本，为祝贺孩子的成长，在男孩子三岁和五岁、女孩子三岁和七岁举行的祝贺仪式。

起来。

"侥幸，太侥幸了。幸亏是高级轿车，刹车灵！"有人说，"要是辆破车，早就没命了。"

里子抽风似的直翻着白眼。一副可怖的面孔。

房子一味向女孩子的母亲赔礼道歉，问对方孩子受伤了吗，长袖子破了吗。那位母亲呆住了。

身穿长袖和服的女孩子止住哭泣后，脸上浓厚的白粉变得斑斑驳驳，眼睛像洗过一般闪闪发亮。

信吾默默地回了家。

传来了婴儿的啼哭声，菊子嘴里哼着摇篮曲出来相迎。

"真对不起，让孩子哭了。我还是不行啊。"菊子对房子说。

不知是妹妹的哭声诱发，还是回到家里情绪放松了，里子也哇哇地哭出声来。

房子不理睬里子，从菊子手里把婴儿接过来，敞开了衣服。

"哟！胸口都被冷汗濡湿了。"

信吾抬头望了望写着良宽[1]的"天上大风"的匾额，就走过去了。这是良宽的字画尚便宜的时候买来的，后来听别人说，信吾才知道是赝品。

1　良宽（1758—1831），江户时期的禅僧、歌人。

"我还看了晶子的诗碑呢。"信吾对菊子说，"是晶子的字，写的是释迦牟尼……"

"是吗？"

四

晚饭后，信吾独自出门，去逛逛和服店和估衣铺。

但是找不到适合里子穿的和服。

找不到，心里依然惦挂着。

信吾感到一阵阴郁的恐惧。

女孩子纵令年幼，看到别家孩子穿漂亮的和服，就那么想要吗？

里子这种羡慕和欲望，仅仅比普通孩子稍强些，还是异乎寻常地强烈呢？信吾觉得这恐怕是一种疯狂的发作。

那个穿舞蹈衣裳的孩子倘使被车轧死了，此刻会是什么样的情形？美丽的姑娘穿着长袖和服的姿影，清晰地浮现在信吾的脑海里。那样的盛装，一般是不会陈列在这种铺面里的。

可是，要是买不到就此回家，信吾甚至觉得连马路都是黑暗的。

保子真的只用旧浴衣给里子改作襁褓吗？房子的话语里带有几分埋怨，恐怕不会是假的吧。难道真的没有给里子买襁褓，孩子初次参拜神社时也没给她买和服吗？说不定是房子当时希望要西装呢。

"忘了。"信吾自言自语。

保子是不是跟自己商量过这件事，信吾已经忘记了。不过，倘使自己和保子更多地关心房子，或许难看的女儿也会生出可爱的外孙来的。信吾生起一种无法推卸的自责念头，脚步也变沉重了。

"若知前身，若知前身，无有可怜的父母。既无父母，哪有可牵挂的子女……"

一首谣曲里的这段话，纵令浮现在信吾的心中，也仅是浮现而已，不可能产生黑衣僧人的那种悟通。

"啊，前佛既去，后佛未至，梦中来临，应以何为现实？无意中竟承受了难以承受的人的身躯……"

里子要去抓住跳舞的女孩，她那股凶恶狂暴的脾气，究竟是继承了房子的血统呢，还是继承了相原的血统？如果是母亲房子的，那么是继承了房子父亲的血统呢，还是母亲保子的血统？

倘使信吾和保子的姐姐结婚，可能不会生下像房子这样的女儿，也不会有像里子那样的外孙女吧。

因为出乎意料的事，信吾又缅怀起故人来，真想紧紧搂住她。

信吾已经六十三岁，可是二十多岁死去的人还是比自己年纪大。

信吾回到家里，房子已经抱着婴儿钻进被窝里了。

房子的寝室和饭厅之间的隔扇是敞开的，信吾也就看见了。

信吾往里边瞧了瞧，菊子说了一声："睡着了。"

"她说她的心扑通扑通地跳得厉害，总平静不下来，就吃了安眠药睡着了。"

信吾点了点头。

"把隔扇关上好不好？"

"嗯。"菊子离去了。

里子紧挨着房子的后背入睡了，眼睛却像是睁开的。里子这个孩子就是这样缄口不语。

信吾没谈自己出去为里子买和服的事。

看来房子也没跟她母亲谈及里子想要和服，差点出危险的事。

信吾进了起居室。菊子将炭火端来了。

"啊，坐下吧。"

"嗯。这就来。"菊子又走出去，将水壶放在盘子里端来了。水壶也许不需要盘子，不过她在旁边还放了株什么花。

信吾拿起花来说：

"是什么花？好像是桔梗吧。"

"据说是黑百合……"

"黑百合？"

"嗯。刚才一位搞茶道的朋友送给我的。"菊子边说边打开信吾背后的壁橱，把小花瓶拿出来。

"这就是黑百合？"信吾觉得很珍奇。

"据这位友人说，今年的利休¹忌辰，远川流²本家在博物馆的六窗庵举办茶会时，茶席上的插花就是用的黑百合和开白花的金银花，美极了。插在古铜的细口花瓶里……"

"嗯。"

信吾凝神望着黑百合，是两株，一株茎上各有两朵花。

"今年春天，下了十一二回雪吧。"

"是经常下雪。"

"听说初春利休忌辰也下雪了，有三四寸厚呢。黑百合显得更加珍奇了。据说它属高山植物。"

"颜色有点像黑山茶。"

"嗯。"

菊子往花瓶里灌水。

"听说今年利休忌辰还展出了利休的辞世之作和利休剖腹的短刀。"

"是吗？你那位朋友是茶道师傅吗？"

"嗯。她成了战争寡妇……早先精通此道，现在派上用场了。"

"是什么流派？"

"官休庵。是武者小路千家流³。"

---

1 千利休（1522—1591），日本安土桃山时代的茶人，千家流茶道的鼻祖。

2 日本茶道的流派之一，鼻祖为小堀政一。

3 日本茶道三千家之一，千利休的重孙千宗守在京都的武者小路另立分茶室官休庵，其流派称为武者小路千家。

不谙茶道的信吾，也就不了解这些情况了。

菊子等着将黑百合插进花瓶里，可信吾总拿着花不撒手。

"开着花，可有点耷拉，不至于枯萎吧。"

"嗯，因为先把水倒进去了。"

"桔梗开花也耷拉下来吗？"

"什么？"

"我觉得它比桔梗花小，你说呢？"

"是小。"

"乍一看像是黑色，其实不是黑，像深紫色却又不是紫，仿佛抹上了浓艳的胭脂。明天白天再仔细看吧。"

"在阳光的辉映下，会呈透明的红紫色。"

盛开的花朵，大小不足一寸，七八分吧。花瓣是六片，雌蕊的尖分成三杈，雄蕊四五根。叶茎长度约一寸，分好几段向四方伸展着。百合叶形状小，长度为一寸或一寸五分光景。

最后信吾嗅了嗅花，无意中说了一句："带点令人讨厌的女人的腥味哩。"

这味不是指淫乱的意思，可菊子的眼皮飞起一片红晕，把头耷拉下来。

"气味令人失望。"信吾改口说，"你闻闻试试。"

"我可不打算像爸爸那样研究它。"

菊子把花插进花瓶里的时候说：

"按茶会的规矩，插四朵花太多了。不过，就这样插吗？"

"嗯，就那样插吧。"

菊子将黑百合放在地板上。

"那壁橱放花瓶的地方，放着面具，帮我拿出来好吗？"

"好的。"

信吾的脑海里浮现出谣曲的一段，就想起面具来。

他把慈童的面具拿在手里，说：

"据说这是妖精，是永恒的少年。我买来时，说过了吧？"

"没有。"

"我买这个面具的时候，曾让公司一名姓谷崎的女孩子戴上试了试。可爱极了，真令人吃惊。"

菊子把慈童的面具贴在脸上。

"这带子是系在后边的吗？"

菊子的眸子肯定是透过面具的眼睛，在凝望着信吾。

"如果不动动，表情就出不来哩。"

买面具回家那天，信吾几乎要同它那暗红色的可爱嘴唇接吻，顿觉一阵心跳，恍如天国邪恋。

"树根埋地里，心灵之花今犹存……"

谣曲里似乎有这样的词句。

菊子戴上美貌少年的面具，做出各种各样的动作，信吾再也看不下去了。

菊子脸小，面具几乎把她的下巴颏儿盖上，泪珠顺着似看见又看不见的下巴颏儿流淌到咽喉。泪水淌成两道、三道，滚个不停。

"菊子。"信吾喊了一声，"菊子，今天你会见那位朋友时，大概想着如果同修一分手，就去当茶道师傅，是不是？"

戴着慈童面具的菊子点了点头。

"即使分手，我也想住在爸爸这儿，伺候您品茶。"菊子戴着面具明确地说。

突然传来了里子哇的哭声。

阿照在庭院里发出尖锐的吠叫。

信吾感到这是不祥之兆。菊子像是在侧耳倾听大门那边的动静，看看连星期天也上情妇家的修一是否回家里来了。

鸟巢

一

附近寺庙的钟声,冬夏两季都在六点鸣响。信吾也不论冬夏,清晨听到钟声就早早起来。

虽说早起,却不一定离开被窝。就是说,早早便醒了。

当然,同样是六点,冬夏大不相同。寺庙的钟声,一年到头都是六点鸣响,信吾也就以为同样是六点,其实夏季太阳已经升高了。

尽管信吾枕边放着一块大怀表,可是必须点灯、戴上老花镜才能看得清楚,因而他很少看表。不戴老花镜,就无法辨清长针和短针。

再说,信吾没有必要拘泥于钟点起床。倒不如说,早早醒来反而感到无所事事。

冬天六点尚未天亮,但信吾无法耐心地待在被窝里,于是就起床取报纸去。

不雇女佣以后,菊子一大早就起来干活了。

"爸爸,您真早啊!"

菊子这么一说,信吾觉得很难为情。

"嗯,再睡一觉。"

"睡去吧，水还没烧开呢。"

菊子起床后，信吾觉得有人的声息，这才放下心来。

不知打多大年纪开始，冬天早晨摸黑醒来，他就百无聊赖。

可是一到春天，信吾睡醒也觉得温暖了。

时令已过五月半。今早，信吾听见晨钟的响声，接着又听见鸢的啼鸣。

"啊，它还在呢。"信吾头枕枕头，倾耳静听，嘟囔了一句。

鸢在屋顶上转了一大圈，然后好像朝海的方向飞去了。

信吾起床了。

他一边刷牙一边朝天空寻觅，却没有找到鸢。

然而，稚嫩而甜美的声音，似乎使信吾家的上空变得柔和清澄。

"菊子，刚才咱家的鸢叫了吧。"信吾冲着厨房扬声呼唤。

菊子将冒着热气的米饭盛在饭桶里。

"刚才没留意，没有听见。"

"它仍然在咱家呀。"

"哦。"

"去年，不记得是几月份了，它也鸣叫得很欢。大概也是这个时候吧。记性太坏了。"

信吾站着看了看。菊子解开了系在头上的缎带。有时菊子似乎也是用缎带把头发束起来才就寝的。

饭桶盖就这么打开着，菊子便忙着准备给信吾泡茶了。

"鸢在，咱家的黄道眉也会在的。"

"哎，还有乌鸦。"

"乌鸦？"

信吾笑了。

鸢是"咱家的鸢"的话，乌鸦也应是"咱家的乌鸦"。

"原以为这宅邸只住人，想不到还栖息着各种鸟儿。"信吾说。

"不久还会出现跳蚤和蚊子呢。"

"别瞎说。跳蚤和蚊子不是咱家的居民，不能在咱家过年。"

"冬天也有跳蚤，也许会在咱家里过年呢。"

"不知道跳蚤的寿命有多长，大概不是去年的跳蚤吧。"

菊子望着信吾笑了。

"也该是那条蛇出洞的时候啦。"

"是去年让你吓了一大跳的那条黄颔蛇吗？"

"是啊。"

"据说它是这所房子的主人呢。"

去年夏天，菊子购物回来，在厨房门口看到那条黄颔蛇，吓得直打哆嗦。

阿照听见菊子的叫声就跑过来，发疯似的狂吠了一阵子。阿照低头一摆好要咬的架势，就闪开四五尺，接着又凑近，似是要扑过去的样子。就这样反复了多次。

黄颔蛇略仰起头，吐出红芯子，连瞧也不瞧阿照一眼，哧溜哧溜地挪动起来，沿着厨房的门槛爬走了。

据菊子说，蛇的身长足有厨房门板两倍以上，也就是说，足有六尺多长。蛇身比菊子的手腕还粗大。

菊子高声说罢，保子却冷静地说道：

"它是这所房子的主人呢。菊子嫁过来之前好几年它就在了。"

"要是阿照把它咬住，不知道会怎么样？"

"那阿照肯定输，它可以把阿照缠住……阿照明白，只是吠吠罢了。"

菊子哆嗦了好一阵子。打那以后，她就不怎么从厨房门而改从前门出入了。

不知这条大蛇是藏在地板下，还是藏在天花板上，实在令人毛骨悚然。

也许，黄颔蛇藏在后山吧。难得见到它的踪影。

后山不是信吾的所有地。也不知道是谁的。

靠近信吾家，耸立着陡峭的山。对山中的动物来说，这山同信吾家的庭院似乎没有界线。

后山为数不少的花和树叶落到庭院里。

"鸢飞回来了。"信吾自语了一句，然后扬声说，"菊子，鸢好像飞回来了。"

"真的，这回听见了。"

菊子抬头望了望天花板。

鸢的啼鸣持续了好一阵子。

"刚才是飞到海上去了吧？"

"那鸣声像是飞向大海了。"

"也许是飞到海上去觅食，再飞回来的吧。"菊子这么一说，信吾也觉得也许是那样。

"在它看得见的地方，给它放些鱼，怎么样？"

"阿照会吃掉的。"

"放在高处嘛。"

去年和前年都是这样，信吾一觉醒来听见鸢的啼鸣，就感到十分亲切。

看来不仅是信吾，"咱家的鸢"这句话在家人中间已经通用了。

然而，信吾确实连是一只鸢还是两只也不知道。只记得有一年，像是见过两只鸢在屋顶上空比翼翱翔。

再说，连续好几年听见的鸢的鸣声，果真都是同一只鸢发出来的吗？难道它不换代吗？会不会不知不觉间母鸢死去，子鸢悲鸣呢？今天早晨，信吾才第一次这么想。

信吾他们不知道老鸢去年已死去，今年是新鸢在啼鸣，总以为是家中的那只鸢。他是在似醒非醒的梦境与现实中听见鸢鸣的，别有一番情趣。

镰仓小山很多，然而这只鸢却偏偏选中信吾家的后山栖息，此事想来也是不可思议的。

常言道，"难遇得以今相遇，难闻得以今相闻"。鸢或许就是这样。

即使人和鸢生活在一起，但鸢只能让人听见它那可爱的鸣声。

二

菊子和信吾在家里都是早早起床的，早晨两人总是谈些什么，可是信吾和修一两人，难道只有在往返的电车上才能若无其事地交谈吗？

信吾心想，电车驶过六乡的铁桥，不久就会看到池上的森林。早晨从电车上观赏池上的森林，已成为他的习惯。

最近信吾才发现，几年来一直目睹的这片森林里，屹立着两棵松树。

唯独这两棵松树苍劲挺拔。这两棵松树像是要拥抱似的，上半截相互倾向对方，树梢几乎偎依在一起。

森林里，就数这两棵松树挺拔，就是不愿意看，它们也会跳入眼帘。可信吾之前竟没有发现。不过一旦发现，这两棵松树就必定最先进入视野。

今早风雨交加，这两棵松树变得朦胧了。

"修一！"信吾叫了一声，"菊子哪儿不舒服？"

"没什么大不了。"

修一在阅读周刊杂志。

修一在镰仓车站买了两种杂志，给了父亲一本。信吾拿着，却没阅读。

"是哪儿不舒服？"信吾又温存地问了一遍。

"说是头痛。"

"是吗？据老太婆说，菊子昨天去东京，傍晚回家躺倒就睡了，一反常态哩。老太婆猜，大概是在外面发生了什么事。她连晚饭也没有吃。你九点左右回来，到房间去的时候，她不是在忍声抽泣吗？"

"过两三天会好的，没什么大不了。"

"是吗？头痛不至于那样抽泣嘛。就说今天吧，天蒙蒙亮，她不也哭来着？"

"嗯。"

"房子给她拿吃的去，听说她很不愿意房子进她房间，把脸藏了起来……房子一味唠唠叨叨。我想问你，这究竟是怎么回事？"

"听起来简直像是全家都在探听菊子的动静。"修一翻了翻眼珠，说，"菊子偶尔也会生病呀。"

信吾有点恼火了。

"所以才问她生了什么病嘛。"

"流产呗。"修一冒出了这么一句。

信吾愕然，望了望前面的座席，心想：两个都是美国兵，大概压根儿不懂日本话，所以他和修一谈了这样一番话。

信吾声音嘶哑，说："是去医生那儿吗？"

"是的。"

"昨天？"信吾发愣，嘟囔了一句。

修一也不阅读杂志了。

"是的。"

"当天就回来的吗？"

"嗯。"

"是你让她这样做的？"

"是她自己这样做的，她才不听我的话呢。"

"是菊子自己要这样做的？胡说！"

"是真的。"

"为什么呢？为什么会让菊子有那种想法？"

修一默不作声。

“是你不好，不是吗？”

“也许是吧。不过，她是在赌气，说现在无论如何也不想要。”

“如果你要制止，总可以制止啊。”

“现在不行吧。”

“你说的现在是什么意思？”

“正如爸爸所知道的，就是说，我现在这副模样，也不想要孩子。”

“就是说，在你有外遇期间？”

“就算是吧。”

“所谓‘就算是吧’，是什么意思？”

信吾火冒三丈，胸口堵得慌。

“你不觉得这是菊子半自杀的行为吗？与其说是对你的抗议，不如说她是在半自杀呢。”

信吾来势汹汹，修一有点畏怯了。

“你扼杀了菊子的灵魂，无法挽回了。”

“菊子的灵魂相当犟哩。”

“她是个女人嘛，是你的妻子呀，不是吗？就看你的态度了，你如果对菊子温存体贴，她肯定会高兴地把孩子生下来的。情妇问题就另当别论啰。”

“可不是另当别论哟。”

"菊子也很明白，保子盼望抱孙子。可菊子迟迟没有怀孩子，她觉得脸上无光，不是吗？她是多么想要孩子啊，你不让她生孩子，就像扼杀了她的灵魂似的。"

"这就有点不对了。菊子似乎有洁癖呢。"

"洁癖？"

"像是连怀孩子她都懊悔……"

"哦？"

这是夫妇之间的事。

修一会让菊子感到如此屈辱和嫌恶吗？信吾有点怀疑。

"这令人难以置信啊。菊子说那样的话，采取那样的行动，我不认为这是出自菊子的本愿。哪有丈夫把妻子的洁癖当作问题的呢，这不正是爱情浅薄的证据吗？哪有男人把女人闹别扭当真的呢？"信吾有几分沮丧。

"倘使保子知道白白丢掉一个孙子，也许会说些什么呢。"

"不过，妈妈因此知道菊子也能怀孩子，就放心了。"

"你说什么？你能保证以后也会生产吗？"

"保证也可以嘛。"

"这种说法，恰恰证明不怕天、不爱人啊。"

"您的说法太复杂了。这不是很简单的事吗？"

"并不简单哟。你好好想想，菊子哭成了那副模样，不是吗？"

"我嘛，也不是不想要孩子，可现在两人的状态都不好，这种时候，我想不会生出好孩子的。"

"你所说的状态是指什么，我不知道，但是菊子的状态不坏嘛。如果说状态不好，那就是你自己。从菊子的天性来看，她不会有什么状态不好的时候。都因为你不主动消除菊子的妒忌，才失去了孩子。或许光提孩子还解决不了问题。"

修一凝望着信吾的脸，显出惊讶的样子。

"你想想，你在情妇那里喝得烂醉才回家，皮鞋沾满了泥巴，你就这么把腿擦在菊子的膝上，让她给你脱鞋……"信吾说。

三

这天，信吾因公司里的事，去了一趟银行，与那里的朋友同吃午饭。一直谈到下午两点半光景，从饭馆给公司挂了个电话，而后径直回家了。

菊子抱着国子坐在走廊上。

信吾提前回家，菊子慌了手脚，正要站起身子。

"好了，就坐着吧。能起来吗？"信吾说着也走到了走廊上。

"不要紧的。我正想给国子换尿布。"

"房子呢？"

"她带着里子上邮局去了。"

"把孩子交给你，她上邮局有什么事吗？"

"等一会儿啊，先让外公换换衣裳。"菊子对幼儿说。

"行了，行了，先给孩子换尿布吧。"

菊子带笑抬头望了望信吾，露出一排小齿。

"外公说先给国子换尿布哩。"

菊子穿着一件宽松漂亮的绵绸衣裳，系着窄腰带。

"爸爸，东京雨也停了吧？"

"雨嘛，在东京站乘车时还下着，一下电车，天就转晴哩。究竟哪一带放晴，我没留意。"

"镰仓也一直在下，刚才停的。雨停后，姐姐才出门去的。"

"山上还是湿漉漉的呢。"

菊子把幼儿放在走廊上，幼儿抬起赤脚，用双手抓住脚趾，她的脚比手更自由地活动着。

"对对，小乖乖在看山呢。"菊子说着揩了揩幼儿的胯间。

美国军用机低低地飞了过来，轰鸣声把幼儿惊着了，她抬头望着山。看不见飞机，可是，那巨大的机影却投在后山的斜坡上，一掠而过。幼儿或许也看到那机影了吧。

信吾蓦地被幼儿那因天真无邪的惊讶而闪烁的目光打动。

"这孩子不懂得什么是空袭。现在出生的许多孩子都不懂得什么是战争。"

信吾凝视着国子的眼睛，那闪烁的光已经变得柔和了。

"要是能把国子的眼神拍张照片就好啰，把后山的飞机影子也拍进去。下一张接着拍……"

幼儿遭飞机轰炸，悲惨死去。

信吾欲言又止，因为他想到菊子昨天刚做完人工流产。

这两张幼儿照片是空想的。在现实里，肯定有不计其数的这种幼儿。

菊子把国子抱了起来，用一只手将尿布团弄起来，走到浴室里去了。

信吾想，自己是惦挂菊子才提前回家的。他边想边折回了饭厅。

"回来得真早啊。"保子也走了进来。

"刚才你在哪儿呢？"

"在洗头。雨过天晴，猛然一晒，头就发痒。上了年纪的人，头动不动就发痒。"

"我的头就不那么爱发痒。"

"也许是你脑袋瓜灵吧。"保子说着笑了，"我知道你回来了，刚洗完头就出来接你了，怕挨你说：'瞧这副可怕的模样……'"

"老太婆还披散头发，干脆把它剪了，结成圆竹刷子发型，怎么样？"

"真的，但不限于老太婆结圆竹刷子发型嘛。江户时代，男人女人都是结这种发型，将头发剪短，拢到后脑勺，然后束起来，再将束发的发根剪成像圆竹刷子那样。歌舞伎里就有这种发型。"

"不要在脑后束起来，梳成垂肩发型算了。"

"这样也未尝不可。不过，你我的头发都很浓密嘛。"

信吾压低嗓门，说："菊子起来多长时间了？"

"有一会儿了……脸色可不好哩。"

"最好还是别让她照管孩子吧。"

"房子说了声'我暂时把孩子放在你这儿'，就把孩子放在菊子的被窝边，因为孩子睡得香着呢。"

"你把孩子抱过来不就成了吗？"

"国子哭时，我正在洗头呢。"

保子离去，将信吾更换的衣服拿来。

"你提前回家，我还以为你什么地方不舒服了。"

菊子从浴室里走出来，像是要回到自己的居室。信吾呼唤：

"菊子，菊子。"

"嗯。"

"把国子带到这儿来。"

"嗯，就来。"

菊子牵着国子的手，让她走过来。菊子系上了宽腰带。

国子抓住保子的肩膀。保子正在用刷子刷信吾的裤子，她站起来，把国子搂在膝上。

菊子把信吾的西服拿走，放进贴邻房间的西服衣柜里，而后轻轻地关上了门扉。

菊子看到映现在门扉内侧镜子里的自己的脸，不禁吓了一跳。她有点踌躇，不知该去饭厅，还是该回居室了。

"菊子，还是去睡觉吧。"信吾说。

"嗯。"

信吾的话声在回荡。菊子耸了耸肩膀，她没有瞧信吾他们一眼，就回到居室里了。

"你不觉得菊子的模样有点异常吗？"保子皱起眉头说。

信吾没有回答。

"也弄不清楚哪儿不舒服。一起来走动，就像要摔倒似的，真叫人担心啊。"

"是啊。"

"总之，修一那件事非设法解决不可。"

信吾点了点头。

"你好好跟菊子谈谈，好吗？我带着国子去接她母亲，顺便去准备一下晚上的饭菜。真是的，房子又有房子的……"

保子把国子抱起来走开了。

"房子上邮局有什么事吗？"信吾说。

保子回过头来，说："我也纳闷呢。或许是给相原发信吧，他们已经分手半年了……回娘家来也快半年啰。那天是大年夜。"

"要发信，附近就有邮筒嘛。"

"那里嘛……也许她觉得从总局发信会快而又准确无误地到达呢。或许是突然想起相原，就迫不及待呢。"

信吾苦笑了。他感到保子是乐观主义的。

好歹把家庭维持至老年的女人，在她身上是存在乐观的根子的。

信吾把保子刚才阅读的四五天前的报纸捡起来，漫不经心地溜了一遍，上面刊载了一条"两千年前的莲子开了花"的奇闻。

报纸报道，去年春上，在千叶市桧见川的弥生式古代遗迹的独木舟上发现了三粒莲子，推测是约莫两千年前的果实。某莲花博士使它发了芽，今年四月他将那些苗子分别植于千叶农业试验场、千叶公园的池子，以及千叶市町的酿酒商之家三个地方。这位酿酒商像是协助发掘遗迹的人。他在装满水的锅里培植，放置在庭院里。这个酿酒商的莲子最先开了花。莲花博士闻讯赶来，他抚摸着美丽的莲花说："开花了，开花了！"莲花从"酒壶形"发展到"茶碗形""盆形"，盛开成了"盘形"就凋谢了。报纸还报道说，共有二十四个花瓣。

这则消息的下方还刊登了一帧照片：头发斑白、架着一副眼镜的博士，手里拿着刚开花的莲茎。信吾重读了一遍这篇报道。博士现年六十九岁。

信吾久久地凝视着莲花照片，而后带着这张报纸到菊子的居室里去了。

这是菊子和修一两人的房间。在作为菊子的陪嫁品的书桌上，放置着修一的礼帽。帽子旁边有一沓信笺，也许菊子正要写信吧。书桌抽屉的前方铺着一块绣花布。

似乎飘逸着一股香水的芳香。

"怎么样？还是不要老起来的好。"信吾坐在书桌前说。

菊子睁开眼睛，凝视着信吾。她刚要坐起来，信吾便制止说："别起来。"她感到有点为难，脸颊绯红。但是额头苍白，眉毛很美。

"你看过那篇报道了吗？两千年前的莲子开了花。"

"嗯，看过了。"

"看过了吗？"信吾自语了一句，又说，"要是跟我们坦白，菊子也不至于遭这份罪吧。当天去当天回，身体吃得消吗？"

菊子吓了一跳。

"我们谈到孩子的事，是上个月吧……那时候，早就知道了是吗？"

菊子枕在枕上的头摇了摇。

"当时还不知道呢。要是知道了，我就不好意思谈什么孩子的事啦。"

"是吗？修一说菊子有洁癖。"

信吾看见菊子的眼睛里噙满了泪水，也就不往下说了。

"不用再让大夫瞧瞧吗？"

"明天去。"

翌日，信吾一从公司回到家里，保子就等得不耐烦似的说：

"菊子回娘家了。说是在躺着呢……约莫两点钟佐川家挂来电话，是房子接的。对方说，菊子顺便回娘家了，说是身体有点不舒服，卧床休息呢。虽说有点冒昧，请让她在那里静养两三天，然后再让她回来。"

"是吗？"

"我让房子这样说：明天叫修一探望去。据说是亲家母打来的电话。菊子不是只回娘家去睡觉吧？"

"不是。"

"究竟是怎么回事？"

信吾脱下外衣，慢慢地解开领带，一边仰头一边说：

"她做了人工流产。"

"哦？"保子大吃一惊，"哎哟，那个菊子？竟隐瞒我们……如今的人多么可怕啊！"

"妈妈，您真糊涂。"房子抱着国子走进饭厅，"我早就知道了。"

"你怎么知道的？"信吾不由自主地探问了一句。

"这种事没法说呀，总是要做善后处理的嘛。"

信吾再没有二话可说了。

都苑

一

"咱家的爸爸真有意思。"房子一边将吃完晚饭后的碟子小碗粗笨地摞在盘子上,一边说,"对自己的女儿比对外来的儿媳妇还要客气。对吧,妈妈?"

"房子。"保子以责备的口吻喊了声。

"本来就是嘛,不是吗?菠菜熬过头,就说煮过头不就很好吗,又不是把菠菜煮烂了,还保持着菠菜的形状嘛。要是用温泉来煮就好了。"

"温泉?是什么意思?"

"温泉不是可以烫熟鸡蛋、蒸熟馒头吗?妈妈吃过什么地方的含镭温泉烫熟的鸡蛋吗?蛋白硬、蛋黄软……不是说京都一家叫丝瓜亭的做得很好吗?"

"丝瓜亭?"

"就是葫芦亭嘛。无论怎么穷,葫芦亭总会知道的嘛。我是说丝瓜亭能把菠菜煮得很可口呢。"

保子笑了。

"倘使能看准热度和时间，用含镭温泉煮菠菜来吃，就是菊子不在身边，爸爸也会像波拍水手[1]那样，吃得很带劲的。"房子没有笑。

"讨厌，我太郁闷了。"

房子借着膝头的力量，将沉甸甸的盘子端起来，说："潇洒的儿子和美貌的儿媳不在身边，连吃饭都不香了，对吧？"

信吾抬起脸来，正好与保子的视线相遇。

"真能嚼舌头啊！"

"本来就是嘛。连说话也不敢纵情地说，哭也不敢纵情地哭嘛。"

"孩子哭，没法子啊。"信吾喃喃自语，微微张着嘴。

"不是孩子，是我啊。"房子一边蹒跚地向厨房走去，一边说，"孩子哭，当然是无可奈何的啰。"

厨房里响起了将餐具投到洗物槽里的声音。

保子蓦地直起腰身来。

传来了房子的抽噎声。

里子向上翻弄眼珠，望了望保子，然后向厨房疾步跑去。

信吾觉得这是令人讨厌的眼神。

保子也站了起来，抱起身旁的国子，放到信吾的膝上。说了声"请照看一下这孩子"，就向厨房走去。

1　波拍水手（Popeye），美国的漫画人物，即现在的"大力水手"。

信吾一抱住国子，觉得软绵绵的，一下子就把她搂到怀里。抓住孩子的脚，细细的脚脖子和胖乎乎的脚心全在信吾的手掌里。

"痒痒吗？"

但是，孩子似乎不知道什么叫痒痒。

信吾觉得这孩子就像早先还在吃奶时候的房子，为了给婴儿房子换衣服，总让她赤裸着身子躺着，信吾挠她的胳肢窝，她抽抽鼻子，挥舞着双手……信吾难得想起这些事。

信吾很少提及婴儿时代的房子长得丑陋，因为话要脱口，保子的姐姐那副美丽的姿容就浮现出来。

常言说，女大十八变。可是，信吾这个期待落空了。随着年龄的增长，期待也就完全成为泡影了。

外孙女里子的长相，比她母亲房子强些。小国子还有希望。

这样看来，难道自己还想在外孙女这辈身上觅寻保子她姐姐的姿影吗？信吾不禁讨厌起自己来。

尽管信吾讨厌自己，却被一种幻想吸引：说不定菊子流产的婴儿、这个丧失了的孙子，就是保子的姐姐投胎转生的。或者是这孩子没有出生的权利？他感到震惊。

信吾抓住国子脚丫的手一放松，孩子就从他的膝上溜下来，想向厨房走去。她向前伸着胳膊，脚向前迈，脚跟不稳。

"危险！"信吾话音未落，孩子就摔倒了。

她向前倒，然后跌在地上，很久都没有哭。

里子揪住房子的衣袖，保子抱着国子，四人又折回了饭厅。

"爸爸真糊涂啊，妈妈。"房子边擦餐桌边说，"从公司回到家，换衣服的时候，不论是汗衫还是和服，他都将大襟向左前扣，而后系上腰带，站在那里，样子很是滑稽可笑。哪有人这样穿的呢？爸爸恐怕是有生以来头一回这样穿吧？看来是真糊涂了。"

"不，以前也有过一回。"信吾说，"那时候菊子说，据说有的地方不论是向左扣还是向右扣都可以。"

"是吗？能有这种事吗？"

房子又变了脸色。

"菊子为讨好爸爸，很会开动脑筋，真行啊。在有的地方……真的可以吗？"

信吾按捺住心头的怒火。

"所谓'汗衫'这个词儿，本来是从葡萄牙语借用过来的。要是在葡萄牙，谁知道衣襟是向左扣还是向右扣呢。"

"这么说菊子知识渊博喽？"

保子从旁调解似的说：

"夏天的单衣，爸爸常常是翻过来穿的。"

"无意中翻过来穿，同糊里糊涂地把衣襟向左扣，情况不一样啊。"

"不妨让国子自己穿和服试试，她可不知道衣襟该向左扣还是向右扣。"

"爸爸要返老还童还早呢。"房子以不屈从的口吻说，"可不是吗，妈妈，这不是太没出息了吗？儿媳回娘家一两天，爸爸也不至于把和服的大襟向左扣嘛。亲生女儿回娘家来，不是快半年了嘛。"

房子打雨天的大年夜回娘家以后，至今可不是快半年了嘛。女婿相原也没来说过什么话，信吾也没去会见过相原。

"是快半年了呀。"保子也附和了一声，"不过，房子的事和菊子的事毫不相干嘛。"

"是不相干吗？我认为双方都跟爸爸有关系嘛。"

"因为那是孩子的事。你想让爸爸替你解决吗？"

房子低下头来，没有回答。

"房子，不妨趁这个机会，把你想说的话全抖搂出来，这样也就舒服了。正好菊子不在场。"

"是我不好。我也没有什么话值得一本正经地说，不过，不是菊子亲手烧的菜，爸爸就一声不响只顾吃。"房子又哭起来了，"可不是吗，爸爸一声不响地只顾吃，好像吃得很不香，我心里也觉得不是滋味。"

"房子，你还有许多话要说嘛。两三天前你去邮局，是给相原发信吧？"

房子不禁一惊，摇了摇头。

"房子好像也没有别的什么地方可寄信的嘛，所以我认定是给相原寄了。"

保子的语气异乎寻常地尖锐。

"是寄钱吧？"信吾察觉到保子像是背着自己给房子零花钱了。

"相原在什么地方？"

说着，信吾转过身来冲着房子，等待着她的回答。良久，他又接着说：

"相原好像不在家。我每月都派公司里的人去一趟，了解一下情况。与其说是派人去了解情况，不如说是派人给相原的母亲送些赡养费去。因为房子如果还在相原家，老太太或许就是你理应照顾的人呢。"

"啊？"保子不禁一愣，"你派公司里的人去了？"

"不要紧，那是个可靠的人，他绝不多打听，也不多说话。如果相原在家，我倒想去跟他谈谈房子的事，可是去见那位腿脚有病的亲家母也无济于事。"

"眼下相原在干什么？"

"唉，像是在秘密贩卖麻药之类的东西，也是被当作手下来使唤吧。从喝杯酒开始，自己首先成了麻药的俘虏。"

保子害怕似的凝望着信吾。看样子比起相原来，她更害怕迄今一直隐瞒此事的丈夫。

信吾继续说:"可是,这位腿脚有病的老母亲早就不住在那家里了,别人已经住了进去。就是说房子已经没有家啦。"

"那么,房子的行李呢?"

"妈妈,衣柜、行李早都空空如也了。"房子说。

"是吗?带一个包袱皮回来,你就这样招人喜欢吗?唉……"保子叹了一口气。

信吾怀疑房子是知道相原的下落才给他寄信的。

再说,没能帮助相原免予堕落的责任在房子吗?在信吾吗?在相原自己吗?还是责任不在于任何人呢?信吾把视线投向暮色苍茫的庭院。

二

十点光景,信吾到公司,看见谷崎英子留下的一封信。

信上写道:"为少奶奶的事,我想见您就来了。日后再造访吧。"

英子信上写的"少奶奶",无疑就是指的菊子。

英子辞职以后,岩村夏子代替她被分配到信吾办公室来了。信吾问夏子:

"谷崎什么时候来的?"

“嗯，我刚到办公室，在擦办公桌的时候，八点刚过吧。”

“她等了一会儿吗？”

“嗯，等了一会儿。”

夏子有个习惯，总爱发出凝重而深沉的“嗯”声，信吾觉得有点讨厌。也许这是夏子的乡音。

“她去见修一了吗？”

“没有，我想她没见修一就回去了。”

“哦？八点多钟……”信吾自言自语。

英子大概是去洋裁缝铺上班之前顺便来的吧。说不定午休时她还会再来呢。

信吾再次看了看英子在一张大纸的角落上所写的小字，然后朝窗外望去。

晴空万里，不愧是五月的天空。

信吾坐在横须贺线的电车里也眺望过这样的天空。观望天空的乘客把车窗都打开了。

飞鸟掠过六乡川熠熠生辉的流水，身上也闪烁着银光。红色的公共汽车从北边的桥上奔驰而过，看上去并非偶然。

“天上大风，天上大风……”信吾无意识地反复念叨着赝品良宽匾额上的句子，眼睛却望着池上的森林。

“哎呀！”他差点把身子探出左侧的窗外。

"那棵松树，也许不是池上森林里的，应该是更近的吧。"

今早看来那两棵最高的松树，似是耸立在池上森林前面。

是春天或是雨天的缘故吧，远近叠次一直都不分明。

信吾继续透过车窗眺望，想确认一下这两棵松树的位置。

他每天都是在电车上眺望，总想去一趟松树所在的地方确认一下。

然而，虽说每天都打这儿经过，可是发现这两棵松树却是最近的事。长期以来，他只是呆呆地望着池上本门寺的森林疾驰而过。

今天是头一回发现那高耸的松树似乎不是池上森林里的树。因为五月早晨的空气是清新澄明的。

信吾第二次发现，这两棵松树上半截相互倾向对方，像是要拥抱似的。

昨天晚饭后，信吾谈及派人寻找相原的家，给相原的母亲以些许帮助。愤愤不平的房子顿时变得老实了。

信吾觉得房子甚是可怜，仿佛发现了房子内心的什么秘密。究竟发现了什么秘密呢？他也不甚清楚，不像池上的松树那样一目了然。

提起池上的松树，记得两三天前信吾在电车里，一边眺望松树，一边追问修一，修一才坦白了菊子做人工流产的事。

松树已不仅是松树了，松树终于同菊子的堕胎纠缠在一起。上下班往返途中，信吾看到这两棵树，就不由得想起菊子的事来。

今天早晨，当然也是这样。

修一坦白真相的当天早上，这两棵松树在风雨交加中变得朦胧，仿佛同池上的森林融为一体。然而今早，看上去松树仿佛抹上了一层污秽的色调，脱离了森林，同堕胎纠缠在一起了。也许是天气过于明朗的缘故。

"在大好天气的日子里，人的情绪也会不好的。"信吾嘟囔了一句毫无意义的话，开始工作，不再眺望被窗户相隔的天空了。

晌午过后，英子打来了电话。她说，忙于赶制夏服，今天不出门了。

"工作真像你所说的那么忙吗？"

"嗯。"

英子良久不语。

"刚才的电话是从店里打来的？"

"嗯。不过，绢子不在场。"英子爽快地说出了修一的情妇的名字，"我是等绢子外出来着。"

"哦？"

"唉，明天早晨拜访您。"

"早晨？又是八点左右？"

"不，明天我等您。"

"有急事吗？"

"有呀，不是急事的急事啊。就我的心情来说，这是件急事。我希望早点跟您谈。我很激动呢。"

"你很激动？是修一的事吗？"

"见面再谈吧。"

虽说英子的"激动"是不可靠的，不过，连续两天她都说有话要谈，难免使信吾感到惴惴不安。

信吾越发不安，三点左右给菊子的娘家挂了电话。

佐川家的女佣去传呼菊子。这时，电话里传来了优美的乐声。菊子回娘家以后，信吾就没有同修一谈过菊子的事。修一似乎避而不谈。

信吾还想到佐川家去探望菊子，又顾虑会把事态扩大，也就打消了这个念头。

信吾思忖，从菊子的性格来看，她不会向娘家父母兄弟谈及绢子或人工流产的事吧。但是，谁知道呢。

听筒里美妙的交响乐中，响起了菊子亲切的呼唤："……爸爸。"

"爸爸，让您久等了。"

"啊！"信吾松了一口气，"身体怎么样啦？"

"噢，已经好了。我太任性了，真对不起。"

"不。"

信吾说不上话来了。

"爸爸。"菊子又高兴地叫了一声，"真想见您啊！我这就去行吗？"

"这就来？不要紧吗？"

"不要紧。还是想早点见到您，以免回家觉得不好意思。好吗？"

"好，我在公司等你。"

音乐声继续传过来。

"喂喂！"信吾招呼了一声，"音乐真动听啊！"

"哎哟，忘关了……是芭蕾《仙女们》的舞曲，肖邦组曲。我把唱片带回去。"

"马上就来吗？"

"马上就去。不过，我不愿意到公司去，我还在考虑……"

片刻，菊子说："在新宿御苑会面吧。"

信吾顿时张皇失措，然后笑了。

菊子觉得这是个好主意。她说："那里一片绿韵，爸爸会感到心情舒畅的。"

"新宿御苑嘛，记得一次偶然的机会，我曾去那里参观过犬展览会，仅此一次罢了。"

"我也准备去参观犬展览会总可以嘛。"菊子笑过之后，依然可以听见《仙女们》的舞曲声。

三

按照和菊子约定的时间，信吾从新宿一丁目的大木门走进了御苑。

门卫室旁边立着一块告示牌，上面写着：出租婴儿车一小时三十元，席子一天二十元。

一对美国夫妇走过来，丈夫抱着个小女孩，妻子牵着一条德国猎犬。

进御苑里的不只是美国夫妇，还有成双成对的年轻情侣。漫步御苑的净是美国人。

信吾自然地尾随着美国人。

马路左侧的树看似落叶松，其实都是喜马拉雅杉。上回信吾来参加"爱护动物会"举办的慈善游园会时，观赏过这片美丽的喜马拉雅杉林，可这片林子在哪一带，现在却怎么也回想不起来了。

马路右侧的树上都挂着树名的牌子，诸如儿手槲树、美丽松等。

信吾以为自己先到，悠悠漫步，却不知菊子早已坐在背向池畔银杏树的长椅上相候了。从大门走不远就是个池子，池畔种着银杏树。

菊子回过头来，欠身施了个礼。

"来得真早啊，比约定的四点半提前了十五分钟哩。"信吾看了看表。

"接到爸爸的电话，真高兴，马上就出门了。真不知有多么高兴啊！"菊子快嘴地说。

"那么，你等了好久？穿得这样单薄行吗？"

"行。这是我学生时代穿的毛衣。"菊子顿时腼腆起来，"我没有把衣服留在娘家，又不好借姐姐的和服来穿。"

菊子兄弟姐妹八人，她行末。姐姐们全都出嫁了。她所说的姐姐，大概是指她的嫂子吧。

菊子穿的是深绿色的短袖毛衣，今年信吾似是第一次看到菊子裸露的胳膊。

菊子为回娘家住宿一事，向信吾郑重地道了歉。

信吾顿时不知所措，慈祥地说了声："可以回镰仓吗？"

"可以。"菊子坦率地点了点头，"我很想回去呢。"说着她动了动美丽的肩膀，凝视着信吾。她的肩膀是怎么动的呢？信吾的眼睛无法捕捉到，但他嗅到了那股柔和的芳香，深吸了一口气。

"修一去探望过你吗？"

"来过了。不过，要不是爸爸挂电话来……"

就不好回去吗？

菊子话到半截，又咽了回去，从银杏树的树荫下走开了。

乔木茂密而浓重的绿韵，仿佛洒落在菊子那纤细的后脖颈上。

池子带点日本的风采，一个白人士兵一只脚踩在小小的中之岛的灯笼上同妓女调情。池畔的长椅上坐着一对年轻的情侣。

信吾跟着菊子，走到池子的右侧，一穿过树林子，他惊讶地说了一声："真开阔啊！"

"就是爸爸也会心旷神怡的对吧？"菊子得意地说。

但是，信吾来到路边的枇杷树前就驻步了，不愿意立即迈到那宽阔的草坪上。

"这棵枇杷的确茂盛啊！没有东西阻碍它的发展，就连下方的枝丫也都得以自由而尽情地伸展开来。"

信吾目睹这树自由自在成长的姿态，深受感动。

"树的姿态多美啊！对了，对了，记得有一回来参观犬展览会，也看见过成排的大棵喜马拉雅杉树，它下方的枝丫也是尽情地伸展，真是令人心旷神怡啊。那是在哪儿呢？"

"靠新宿那边呗。"

"对了，那回是从新宿那边进来的。"

"刚才在电话里已经听说了，您来参观了犬展览会？"

"嗯，狗不多。是爱护动物会为了募捐而举办的游园会，日本观众很少，外国观众倒很多，都是占领军的家属和外交官吧。当时是夏天，身缠红色薄绢和浅蓝色薄绢的印度姑娘们美极了。她们从美国和印度的商店出来。当时这种情景是十分稀罕的。"

尽管这是两三年前的事，信吾却想不起来究竟是哪个年头了。

说话间，信吾从枇杷树前迈步走了。

"咱家庭院里的樱树，也得把长在根周围的八角金盘除掉呀。菊子要记住哟，回家以后别忘记啰。"

"嗯。"

"那棵樱树的枝丫不曾修剪过，我很喜欢。"

"枝梢多，花自然也多……上个月鲜花盛开时，我和爸爸还听见了佛都七百年祭的寺庙钟声呢。"

"这些事你也记住啦。"

"哟，我一辈子也忘不了，还听见了鸢的啼鸣。"

菊子紧靠着信吾，从大山毛榉树下走到宽阔的草坪上。

眼前一片翠绿，信吾豁然开朗了。

"啊！真舒畅！就像远离了日本。真没想到东京都内竟有这般的地方。"信吾凝望着伸向新宿远方的悠悠绿韵。

"据说在设计展望点上煞费了苦心，越往远处就越觉得深邃。"

"什么叫展望点？"

"就是瞭望线吧。诸如草坪的边缘和中间的道路，都是缓缓的曲线。"

菊子说，这是她从学校到这儿来的时候，听老师讲解的。据说散植着乔木的这片大草坪，是英国式风景园林的样式。

在宽阔的草坪上所看到的人，几乎都是成双成对的年轻情侣，有的成对躺着，有的坐着，还有的悠闲漫步在草坪上。还可以看到东一团五六个女学生，西一堆三五个孩子。信吾对这幽会的乐园惊讶不已，他觉得自己在这里不合时宜。

大概是这样一种景象：好像皇家御苑解放了一样，年轻的男女也解放了。

信吾和菊子走进草坪，从幽会的情侣中穿行而过，可谁也没注意他们两人。信吾尽量回避他们走了过去。

菊子是什么想法呢？仅就一个年迈的公公和一个年轻的儿媳上公园来这件事，信吾就觉着有点不习惯。

菊子来电话提出在新宿御苑会面时，信吾并不太在意，但来到这里一看，总有点异样的感觉。

草坪上屹立着一棵格外挺拔的树，信吾被这棵树吸引住了。

信吾抬头仰望大树。当走近这棵参天大树的时候，他深深地感受到这树碧绿的品格和分量。大自然荡涤着自己和菊子之间的郁闷。"就是爸爸也会心旷神怡的"，他觉得这样就行了。

这是一棵百合树。靠近才知道原来是由三棵树合成一棵的形态。花像百合，也像郁金香，竖着的说明牌上写道：亦称郁金香树。原产北美，成材快，此树树龄约五十年。

"哦，有五十年吗？比我年轻啊。"信吾吃惊地仰视。

叶茂的枝柯凌空伸张着，好像要把他们两人搂抱住隐藏起来似的。

信吾坐到长椅子上，但是，心神不定。

他旋即又站起来。菊子感到意外，望了望他。

"那边有花，去看看吧。"信吾说。

草坪对面有个高台，像是花坛。一簇簇洁白的花，同百合树的垂枝几乎相接触，远望格外娇艳。信吾一边越过草坪，一边说：

"欢迎日俄战争的凯旋将军大会，就是在这御苑举行的呢。那时我不到二十岁，住在农村。"

花坛两侧栽种着成排苍劲的树，信吾落座在树与树之间的长椅上。

菊子站在他跟前，说道：

"明早我就回去啦。请也告诉妈妈一声，不要责怪我……"

说罢，她就在信吾的身旁坐了下来。

"回家之前，倘使有什么话要跟我说，就……"

"跟爸爸说？我有满肚子的话想说呢……"

四

翌日清晨，信吾盼望着菊子归来，可菊子还没归来他就出门去了。

"她说了，不要责怪她。"信吾对保子说。

"岂止不责怪她，还要向她道歉呢，不是吗？"保子也露出了一副明朗的神色。

信吾决定尽可能给菊子挂个电话。

"你这个父亲对菊子起的作用真大啊。"保子将信吾送到大门口，"不过，倒也好。"

信吾到了公司，片刻英子就来了。

"啊！你更漂亮了，还带着花。"信吾和蔼可亲地迎接了她。

"一上班就忙得抽不出身来，所以我就在街上溜达了一圈。花铺真美啊。"

英子一本正经地走到信吾的办公桌前，用手指在桌面上写道："把她支开。"

"哦？"

信吾愣了愣，对夏子说：

"请你出去一会儿。"

夏子离开办公室的时候，英子找来了一只花瓶，将三朵玫瑰花插了进去。她穿着一看就是洋裁缝铺女店员的连衣裙，像是又发福了。

"昨天失礼了。"英子用不自然的口吻说，"一连两天前来打搅，我……"

"啊，请坐。"

"谢谢。"英子坐在椅子上，低下头来。

"今天又让你迟到啦。"

"唉，这件事……"

英子一抬头望着信吾，就屏住气息，像要哭似的。

"不知可以说吗？我感到愤慨，也许是太激动了。"

"哦？"

"是少奶奶的事。"英子吞吞吐吐地说，"做人工流产了吧？"

信吾没有作答。

英子怎么知道的呢？不至于是修一告诉她的吧。英子和修一的情妇同在一家店铺里工作。信吾有点厌恶，感到不安。

"就算要做人工流产也可以，可……"英子踌躇了。

"这件事是谁告诉你的？"

"医院的费用，是修一从绢子那里拿来支付的。"

信吾不禁愕然。

"太过分了。这种做法，太侮辱女人了，真是麻木不仁！少奶奶真可怜，我真受不了。虽说修一能把钱给了绢子，或许他是拿自己的钱，不过我们很腻烦他。他和我们的身份不同，这点钱修一总拿得出来吧。难道身份不同，就可以这样做吗？"

英子极力抑制住自己瘦削的肩膀的战栗。

"绢子拿出钱来，她也真是的。我不明白。我恼火，腻烦极了。无论如何也要来跟您说，哪怕不再同绢子共事，我也认了。来告诉您这些多余的话是不好，可……"

"不，谢谢你。"

"在这儿心情好受些了。我只见过少奶奶一面，却很喜欢她。"

英子噙满泪水的眼睛闪闪发光。

"请让他们分手吧。"

"嗯。"

英子肯定是指绢子的事，听起来却又像是请让修一和菊子分手。

信吾就那么被摧垮了。

他对修一的麻木不仁和萎靡不振感到震惊，觉得自己也在同样的泥潭里蠕动。在黑暗的恐怖面前，他也颤抖了。

英子尽情地把话说完以后，要告辞了。

"唉，算了。"信吾有气无力地加以挽留。

"改天再来拜访。今天太不好意思了，还掉了眼泪，实在讨厌。"

信吾感受到英子的善良和好意。

他曾经认为英子依靠绢子才能同在一家店铺里工作，这是麻木不仁。他对此感到震惊不已，岂知修一和自己更是麻木不仁。

他茫然地望着英子留下的深红色玫瑰。

他听修一说过，菊子有洁癖，在修一有情妇的"现状"下，她不愿意生孩子。然而，菊子的这种洁癖，不是完全被糟蹋了吗?

菊子不了解这些。此刻她大概已回到镰仓宅邸了吧。信吾不由得合上了眼睛。

伤后

一

星期天早晨，信吾用锯子把樱树下的八角金盘锯掉了。

信吾心想，倘若不刨根，恐怕无法根除。他喃喃自语："一出芽就弄断算了。"

以前也曾铲除过，谁知道根株反而蔓延成这个样子。现在信吾又懒得去铲除，也许已经没有刨根的力气了。

八角金盘虽然一锯就断，但它们数量太多，弄得信吾满头大汗。

"我帮您忙吧。"修一不知什么时候走了过来。

"不，不用。"信吾冷淡地说道。

修一兀立了一会儿，说："是菊子叫我来的啊。她说爸爸在锯八角金盘，快去帮忙吧。"

"是吗？不过，快锯完了。"

信吾在锯倒了的八角金盘上坐下来，往家的方向望去，只见菊子倚立在廊沿的玻璃门上。她系着一条华丽的红色腰带。

修一拿起信吾膝上的锯子。

"都锯掉吧。"

"嗯。"

信吾注视着修一利落的动作。

剩下的四五棵八角金盘很快就被锯倒了。

"这个也要锯吗？"修一回头冲着信吾问道。

"这个嘛，等一等。"信吾站起来。

生长着两三株小樱树。像是在母树根上长出来的，不是独立的小树，或许是枝丫吧。

那粗大的树干之下，长出枝丫，似是小小的插条，上面还带着叶子。

信吾稍稍远离，瞧了瞧说："还是从泥土里长出来的，把它锯掉好看些。"

"是吗？"

但是，修一不想马上把那棵幼樱锯掉，他似乎觉得信吾所思所想太无聊了。

菊子也来到庭院里了。

修一用锯子指了指那棵幼樱，微笑着说："爸爸在考虑要不要把它锯掉呢。"

"还是把它锯掉好。"菊子爽快地说。

信吾对菊子说道："那个究竟是不是树枝，我一时也判断不出来呢。"

“从泥土里，怎么会长出树枝来呢。”

“从树根长出来的枝，叫作什么呢？”信吾也笑了。

修一不言声，把那棵幼樱锯掉了。

“不管怎么说，我是想把这棵樱树的所有枝丫全部留下来，让它自然生长，爱怎么伸展就怎么伸展。八角金盘是个障碍，才把它锯掉的。”信吾说。

“哦，把树干下的小枝留下来吧。”菊子望了望信吾说，“小枝太可爱了，像筷子也像牙签，上面还开了花，太可爱了。”

“是吗？开花了吗？我没注意到。”

“是开花了。小枝上开了一簇花，有两三朵……在像牙签似的枝子上也有只是一朵花的。”

“哦？”

“不过，这样的枝丫能长大吗？这样可爱的枝丫，要长到新宿御苑的枇杷和山桃低处的树枝那么大，我就成个老太婆啦。”

“也不一定。樱树长得很快啊。”信吾边说边把视线投在菊子的脸上。

信吾和菊子去过新宿御苑，他却既没有同妻子也没有同修一谈过这件事。

但是，菊子回镰仓的家以后，是不是马上向丈夫说了实话呢？其实也谈不上什么实话，菊子似是漫不经心地说了。

如果说修一不便道出"听说您和菊子在新宿御苑相会了",那么也许应该由信吾说出来才是。可是,他们两人谁都没有言及这件事,仿佛有什么东西在作梗。也许修一已经从菊子那里听说了,却佯装不知。

然而,菊子的脸上丝毫未露出拘束的神色。

信吾凝视着樱树干上的小枝,脑海里描绘出这样一幅图景:这些柔弱的小枝,在意想不到的地方抽出了新芽,宛如新宿御苑大树低处的树枝般伸展开去。

倘使它们长长地低垂在地面上,爬向四方,开满了花,该是多美多壮观啊。但是,信吾不曾见过这样的樱枝,也不曾记得自己见过从大樱树干的根上长出的枝丫伸展的景象。

"锯下来的八角金盘拾到什么地方呢?"修一说。

"随便归拢到一个角落去就行了。"

修一将八角金盘扒拢在一起,搂在胳肢窝下,把它们拖走。菊子也拿起三四棵尾随其后。修一体贴地说:"算了,菊子……还是多注意身子。"

菊子点点头,把八角金盘放回原处,止步不前了。

信吾走进屋里。

"菊子也去庭院干吗?"保子摘下老花眼镜说。

保子正在把旧蚊帐改小,给小外孙女睡午觉用。

"星期天,两人待在自家的庭院里,实在难得。菊子打从娘家回来，两人的感情就好起来了。真是不可思议啊。"

"菊子也很伤心。"信吾嘟囔了一句。

"也不尽然。"保子加重语气说，"菊子是个好孩子，总是挂着一副笑脸，但她很久没像今天这样带着欣喜的眼神欢笑了，不是吗？看见菊子那副欣喜的略显消瘦的笑脸，我也……"

"嗯。"

"最近，修一也早早地从公司回到家里来，星期天也待在家里，真是打是亲骂是爱。"

信吾坐在那里默不作声。

修一和菊子一起走进屋里来。

"爸爸，里子把您爱惜的樱树嫩芽摘光了。"修一说着将指间夹着的小枝举起让信吾看了看。

"里子觉得摘八角金盘挺好玩，就把樱树的嫩芽全摘光了。"

"是吗？这嫩枝正好供孩子摘着玩呢。"信吾说。

菊子伫立在那里，把半边身子藏在修一的背后。

二

菊子从娘家回来的时候，信吾得到一份礼物：国产电动剃刀。送给保子的是腰带绳，送给房子的是里子和国子的童装。

后来信吾向保子探听："她给修一带什么来了吧？"

"是折叠伞，好像还买来美国产的梳子呢。梳套的一面是镜子……据说梳子是表示缘分尽了，一般不送人的。大概菊子不懂吧。"

"要是美国，就不讲究这些。"

"菊子自己也买了同样的梳子。颜色不同，稍小点儿。房子看见了，说很漂亮，菊子就送给她了。菊子从娘家回来，难得买了一把和修一一样的，是把很好的梳子。房子不该要走，顶多是一把梳子嘛，竟麻木到这种程度。"

保子似乎觉得自己的女儿很无情。

"给里子和国子的衣服，是用高级丝绸做的，很适合出门穿。虽说没有给房子送礼，可送给两个孩子，不就等于送给房子了嘛。把梳子要走，菊子会觉得没给房子买什么，这样不好。菊子是为了那样的事回娘家的，实在不应该给我们带礼物。"

"是啊。"

信吾也有同感，但也有保子所不知道的忧郁。

菊子为了买礼物，大概给娘家的父母添麻烦了。菊子做人工流产的费用，也是修一让绢子出的，由此可以想象修一和菊子都没有足够的买礼物的钱。菊子可能觉得修一支付了她的医疗费，就向自己的父母硬要了钱来买礼物。

已经很长时间没给菊子零花钱了，信吾后悔不已。他不是没察觉到，而是因为菊子和修一夫妇间的感情产生龃龉，她与做公公的自己越来越亲密，自己反而像有隐私似的，更难以给菊子零花钱了。但是，自己没有设身处地为菊子考虑，或许这也像房子硬把菊子的梳子要走一样呢。

当然菊子会觉得正因为修一放荡不羁，才手头拮据，自己怎么好向公公伸手要零花钱呢。然而，信吾如果体谅到她的难处，菊子也就不至于使用丈夫情妇的钱去堕胎，蒙受这样的耻辱了。

"不买礼物回来，我更好受些啊。"保子思索似的说，"加起来是一笔相当大的花费啊。估计得花多少呢？"

"这个嘛……"

信吾心算了一下。

"电动剃刀是什么价钱，我估计不出来。我还未曾见过那玩意儿呢。"

"是啊。"保子也点了点头。

"如果这是抽彩，你这个做父亲的准会中头奖。因为是菊子做的事，当然会。首先，发出声音就会启动的吧。"

"刀齿不动。"

"会动的。不动怎能刮胡子？"

"不。无论怎么看，刀齿也不动呀。"

"是吗？"

保子哧哧地笑了。

"瞧你这股高兴劲，就跟孩子得到玩具一样。光凭这副神态，就该中头奖啦。每天早晨使用剃刀，吱吱作响，连吃饭的时候也不时抚摸下巴，扬扬自得，弄得菊子有点不好意思了。不过，她还是很高兴的。"

"也可以借给你用呀。"说着信吾笑了。

保子摇了摇头。

菊子从娘家回来那天，信吾和修一从公司一起回到家里来，傍晚在饭厅里，菊子送的礼物电动剃刀是很受欢迎的。

擅自回娘家住的菊子，还有逼使菊子堕胎的修一一家，重聚的场面不甚自然，可以说电动剃刀起到了代替寒暄的作用。

房子也当场让里子和国子穿上了童装，并对衣领和袖口入时的刺绣赞不绝口，露出一副明朗的神色。信吾则一边看剃刀的"使用须知"，一边当场做了示范。

全家人都注视着信吾，仿佛在观察电动剃刀的效果如何。

信吾一只手拿着电动剃刀，在下巴颏儿上移动着，另一只手拿着"使用须知"，嘴里念着"上面写着也能剃净妇女脖颈根的汗毛"。他念罢，望了望菊子的脸。

菊子鬓角和额头之间的发际着实美极了。以前信吾似乎未曾留意到。这部分发际，惟妙惟肖地描画出了可爱的线条。

细嫩的肌肤，同长得齐整的秀发，线条清晰而鲜明。

菊子那张缺少血色的脸上，双颊反而泛起淡淡的红潮，闪烁着欣喜的目光。

"你爸爸得到一件好玩具啦。"保子说。

"哪儿是玩具？这是文明的利器，是精密的器械。它标着器械编号，还盖着器械检验、调节、完成和责任者的图章。"

信吾满心高兴，时而顺着时而又逆着胡子楂移动剃刀。

"据说这个不伤皮肤，功能不输剃刀，而且不用肥皂和水。"菊子说。

"嗯。上了年纪的人使用剃刀往往会被皱纹卡住呢。这个，你也可以用嘛。"信吾想把剃刀递给保子。

保子惧怕似的往后退了几步。

"我可没有胡子呀。"

信吾瞧了瞧电动剃刀的刀齿，而后戴上老花镜又看了一遍。

"刀齿没有转动，怎么能把胡子刮下来呢？马达在转动，刀齿却不动哩。"

"是吗？让我瞧瞧。"修一把手伸了出去，可信吾马上将剃刀递给了保子。

"真的，刀齿好像没有转动，就像吸尘器一样，不是把尘埃吸进去了吗？"

"也不知道刮下来的胡子到哪儿去了。"

信吾说罢，菊子低头笑了。

"接受了人家的电动剃刀，买一台吸尘器回礼怎么样？买洗衣机也可以。也许会给菊子帮很大的忙呢。"保子说。

"是啊。"信吾回答了老伴。

"这种文明利器，咱家一件也没有。就说电冰箱吧，每年都说要买要买的，可都没有买，今年也该购买了。还有烤面包机，只要按一下电钮，待面包烤好后，就会自动把面包弹出来，很方便哩。"

"这是老太婆的家庭电气化论吧？"

"你这个做爸爸的，只是嘴上说心疼菊子，不名副其实嘛。"

信吾把电动剃刀的电线拔掉。剃刀盒子里装着两种刷子，一把像小牙刷，一把像刷瓶刷，信吾将这两把刷子试了试。他用那把像刷瓶刷的清扫了刀齿后面的洞，忽然往下一瞧，极短的小白毛稀稀拉拉地飘落在自己膝上了。他只看见了小白毛。

信吾悄悄地拂了拂膝头。

三

信吾马上买来了吸尘器。

早餐之前，菊子使用吸尘器发出的声音同信吾使用电动剃刀的马达声交响在一起，信吾总觉得有点滑稽可笑。

然而，或许这是家庭焕然一新的音响。

里子也觉得吸尘器很稀奇，跟着菊子走。

也许是电动剃刀的关系吧，信吾做了一个有关胡子的梦。

梦里，信吾不是出场人物，而是旁观者。因为是梦，出场人物和旁观者的区别不是很明显，而且事情发生在信吾没有踏足过的美国。后来信吾琢磨：大概是菊子买回来的梳子是美国产品，由此而做有关美国的梦吧。

信吾的梦里，美国各州的情况不一，有的州英国居民多，有的州西班牙居民多。因此，不同的州，人们的胡子也各具特色。一觉醒来，信吾已记不清胡子的颜色和形状有什么不同了。但梦中的信吾是能清清楚楚地识别美国各州的，也就是各色人种的胡子的差异。醒来之后，连州名也都忘记了，却还记得有一个州出现了一个汉子，他集各州、各色人种的胡子的特色于一身。但这并不是各色人种的胡子掺杂在这个汉子的胡子里，而是划分得很清楚，这部分胡子属法国型，那部分胡子属印度型，各种胡子都集中在一个人的胡子上。也就是说，这个汉子的胡须一束束地下垂，每束都是根据美国各州和各色人种而各异。

美国政府把这汉子的胡须指定为天然纪念物。于是，这个汉子就不能再乱刮也不能再修剪自己的胡子了。

这是个梦，仅此而已。信吾看到这汉子美丽的色彩斑斓的胡子，觉得它有几分像自己的胡子。这汉子的得意与困惑，仿佛也成了信吾自己的得意与困惑。

这个梦，没有什么情节，只是梦见了这个长胡子的汉子。

这汉子的胡子当然很长。或许是因为信吾每天早晨都用电动剃刀把胡子刮得干干净净，反而梦见胡子无限制地增长吧。但胡子被指定为天然纪念物也未免太滑稽了。

这是一个天真烂漫的梦。信吾本想早起之后告诉大家，让大家高兴高兴，但他听见雨声，一会儿复又入睡，过了片刻再次被噩梦惊醒了。

信吾抚摸着女子细尖而下垂的乳房。乳房一如原来的柔软。女子无意对信吾的手做出反应，因而乳房也没有鼓起来。嘿，真无聊！

信吾抚触了女子的乳房，却不知道女子是谁。与其说不知道，不如说他压根儿就没去考虑她是谁。女子没有脸面也没有身子，仿佛只有两个乳房悬在空中。于是，信吾才开始思索她是谁。女子这就成了修一朋友的妹妹。但是信吾没有受到良心的谴责，也没有受到刺激。姑娘的印象是淡薄的，姿影也是朦胧的。乳房虽是未生育过的女人的乳房，但信吾却觉得她并不是处女。他在手指上发现了纯洁的痕迹，倒吸了一口气，心想，真糟糕。但并不觉得这是坏事。

"就当你原来是个运动员吧。"信吾嘟哝了一句。

对这种说法，信吾感到震惊。梦也破灭了。

信吾发觉"嘿，真无聊"是森鸥外的临终遗言，像是在报上读过。

从令人讨厌的梦中惊醒过来，首先想起了森鸥外的临终遗言，而且同自己的梦话结合在一起，这是信吾自己的遁词吧。

梦中的信吾，没有爱，也没有欢乐，甚至没有淫猥的念头。简直就是"嘿，真无聊"。梦寐不安，太乏味了。

信吾在梦中并没有侵犯那个姑娘，也许刚要侵犯而没有侵犯吧。假如在激动或恐惧的战栗中去侵犯的话，醒来后还是同罪恶的名声相连的。

信吾回忆近年来自己所做过的淫猥的梦，对方多半是些下流的女人。今夜梦中的姑娘大概也是如此。难道连做梦也害怕因奸淫而受到道德的谴责吗？

信吾想起修一朋友的妹妹来。他顿觉心胸开阔了。菊子嫁过来之前，这朋友的妹妹就同修一有过交往，也提过亲。

"啊！"信吾恍如触电。

梦中的姑娘不就是菊子的化身吗？就是在梦中，道德也的的确确在起作用，难道不是借助了修一朋友的妹妹作为菊子的替身吗？而且为了隐瞒乱伦关系，也为了掩饰良心的谴责，不是又把作为替身的妹妹变成了比这姑娘更低下的毫无情趣的女人吗?

倘使信吾的欲望得到随意扩展,倘使信吾的人生得到随意安排,那么信吾就会爱上处女时候的菊子,也就是说会爱上和修一结婚之前的菊子。难道不是吗?

这内心受到的压抑、扭曲,在梦境中丑陋地表现出来了。信吾是企图在梦中把这些隐瞒起来,以欺骗自己吧?

假托那个在菊子结婚之前曾同修一提过亲的姑娘,而且使那姑娘的姿影也变朦胧,不正是极端害怕这女子就是菊子吗?

事后回想,梦中的对象是朦胧的,梦中的情节也是模糊的,而且记不清楚,抚摸乳房的手也无快感,这不能不令人生疑。醒来时,油然生起一种狡猾的念头,是不是要把梦消掉呢?

"是梦,指定胡子为天然纪念物只是一场梦。解梦这类事是不可信的。"信吾用手掌揩了揩脸。

倒不如说梦使信吾感到全身寒战,醒后毛骨悚然,汗流浃背。

做了有关胡子的梦之后,隐隐听见似毛毛细雨的声音,现在却是风雨交加,敲打着屋宇,连榻榻米都几乎濡湿了。不过,这像是暴风骤雨即将过去的征兆。

信吾回想起四五天前在友人家中观赏过的渡边华山的水墨画。

画的是一只乌鸦落在枯木的顶梢上。

画题是:"乌鸦掠过五月雨,顽强攀登迎黎明。"

读了这首诗，信吾似乎明白了这幅画的意思，也体会到了华山的心情。

这张画描绘了乌鸦落在枯木的顶梢上，任凭风吹雨打，一心只盼黎明。画面用淡墨来表现强劲的暴风雨。信吾已记不清枯树的模样，只记得一株粗粗的树干被拦腰折断。乌鸦的姿态却记得一清二楚。不知是正在入睡还是被雨濡湿，还是两者兼有的缘故，乌鸦略显臃肿，嘴巴很大。上片鸟喙的墨彩洇了，显得更加鼓大了。鸟眼睁开，却显得不是很清醒，或许是昏睡了吧，但这是一双仿佛含着怒火的有神的眼睛。作者突出描绘了乌鸦的姿态。

信吾只知道华山贫苦，剖腹自杀了，然而却感受到这幅《风雨晓乌图》表现了华山某个时期的心境。

也许朋友是为了适应季节才把这幅画挂在壁龛里吧。

"这是一只神气十足的乌鸦。"信吾说，"不叫人喜欢。"

"是吗？战争期间，我常常观看这只乌鸦，时而觉得这是什么玩意儿，什么乌鸦，时而觉得它又有一种沉静的氛围。不过老兄，倘使像华山那样为区区小事动不动就剖腹自杀，我们该不知要剖腹自杀多少回啦。这就是时代的变迁啊！"友人说。

"我们也盼过黎明……"

信吾心想，风雨交加的今夜，那幅乌鸦图大概仍然挂在友人的客厅里。想着想着，他眼前就浮现出那幅画来。

信吾寻思，今夜家里的鸢和乌鸦不知怎么样了。

四

信吾第二次梦醒之后，再也不能成眠，就盼着黎明，却不像华山那只乌鸦那样顽强、那样神气十足。

不论梦见菊子也好，修一的朋友的妹妹也罢，在淫猥的梦中却没有闪烁淫猥的心思，回想起来是多么可悲啊。

这比任何奸淫都更加丑恶。大概就是所谓的老朽吧。

战争期间，信吾没有跟女人发生过关系。他就这样过来了。论年龄还不至于到这种地步，却已经成为习性了。他任凭战争充满压抑，也无心夺回自己的生命。战争似乎迫使他的思考能力落进了狭窄的常识范围。

与自己同龄的老人是不是很多都这样呢？信吾也曾想探问友人，又担心会招来别人耻笑，说他是窝囊废。

就算在梦中爱上菊子，不是也很好吗？干吗连做梦都害怕什么、顾忌什么呢？就算在现实里悄悄爱上菊子，不也很好吗？信吾试图重新这样思考问题。

然而，信吾的脑海里又浮现了芜村[1]的"老身忘恋泪纵横"的俳句。他的思绪一个劲地衰萎下去。

1　与谢芜村（1716—1783），江户中期的俳句诗人、画家。

修一有了外遇，菊子和他之间的夫妻关系就淡化了。菊子堕胎之后，两人的关系变得缓和而平静。比起平常来，暴风雨之夜菊子对修一更温柔。修一酩酊大醉而归之夜，菊子也比平常更温存地原谅了他。

这是菊子的可怜之处，还是菊子在冒傻气？

这些或许菊子都意识到了，也或许尚未意识到。说不定菊子在顺从造化之妙、生命之波呢。

菊子用不生育来抗议修一，也用回娘家来抗议修一，同时这里也表现了菊子自身难以忍受的悲伤。可是，两三天后她回来了，和修一又完全和好了。这些举动像是为自己的罪过致歉，也像是抚慰自己的创伤。

在信吾看来，这太无聊了。不过，唉，也算是好事吧。

信吾还这样想：绢子的问题暂时置之不理，听其自然吧。

修一虽是信吾的儿子，可菊子落到非同修一结合不可这步田地，信吾不由得怀疑不已：他们两人是理想的、命中注定的夫妻吗？

信吾不想把身边的保子唤醒，他打开枕旁的电灯，没有看手表，可外面已经大亮，寺庙六点的钟声该响了。

信吾想起新宿御苑的钟声。

那是黄昏行将闭园的信号。

"好像教堂的钟声呢。"信吾曾对菊子说。他觉得自己此刻仿佛穿过某西方公园的树丛在奔向教堂。聚集在御苑出口的人群，也似向教堂走去。

信吾睡眠不足，但还是起来了。

他不好意思瞧菊子的脸，早早就同修一一起出门去了。

信吾冷不防地说："你在战争中杀过人吗？"

"什么？倘若中了我的机关枪弹会死去吧。但是，可以说，机关枪不是我扫射的。"

修一露出一副厌恶的神色，把头扭向一边。

白天雨停了，夜间又下起了暴风雨。东京笼罩在浓雾之中。

公司的宴会结束之后，信吾从酒馆里出来，坐上最后一班车把艺伎送走。

两个半老徐娘坐在信吾的身旁，三个年轻的坐在背后的人的膝上。信吾把手绕到一个艺伎的胸前，攥住腰带把她拽到自己身边。

"好啦！"

"对不起。"艺伎安心地坐在信吾的膝上。她比菊子小四五岁。

为了记住这个艺伎，信吾本想乘上电车，就将她的名字记在笔记本上，可是这仅是偶然生起的歹念，上车后信吾几乎把要记下她名字的事忘得一干二净了。

雨中

一

这天早晨，菊子最先读了报纸。

雨水把门口的邮箱打湿了，菊子一边用烧饭的煤气火苗烘濡湿的报纸，一边在阅读。

信吾偶尔早醒，也会出去拿报纸，然后再钻进被窝里阅读。不过，拿晨报一般都是菊子的任务。

菊子一般是送走信吾和修一之后才开始读报。

"爸爸，爸爸。"菊子在隔扇门外小声呼唤。

"什么事？"

"您醒了，请出来一下……"

"是什么地方不舒服了吗？"

从菊子的声音听来，信吾以为是那样，于是立即起来了。

菊子拿着报纸站在走廊上。

"怎么啦？"

"报上登了有关相原的事。"

"相原被警察逮捕了吗？"

"不是。"

菊子后退了一步，将报纸递给信吾。

"啊，还湿着。"

信吾无意把报纸接过来，只伸出一只手，濡湿的报纸便啪地掉落下来。菊子用手把报纸的一端接住了。

"我看不清啊，相原怎么啦？"

"殉情了。"

"殉情……死了吗？"

"报上写的，估计保住命了。"

"是吗？等一等。"信吾放下报纸正要离去，又问，"房子在家里吗？还睡着吧？"

"嗯。"

昨晚深夜，房子确确实实还同两个孩子睡在家里，她不可能跟相原一起去殉情啊。再说今早的晨报也不可能那么快刊登。

信吾双眼盯着厕所窗外的风雨，想让心潮平静下来。雨珠从山麓垂下的又薄又长的树叶上不断地迅速流下来。

"是倾盆大雨嘛，哪像是梅雨呢。"信吾对菊子说。

他刚在饭厅坐下来，正要读手上的报纸，老花镜却从鼻梁上滑了下来。他咂了咂舌头，摘下眼镜，满心不高兴地把鼻梁到眼眶处揉了揉。这地方有点滑腻，真令人讨厌。

还没有读完一条简讯，眼镜又滑了下来。

相原是在伊豆莲台寺温泉殉情的。女的已经逝去，是二十五六岁女招待的模样，身份不明。男的似是常用麻药的人，可望保住性命。由于常用麻药，又没有留下遗书，也就有诈骗的嫌疑。

信吾真想抓住滑落到鼻尖的眼镜一把将它扔掉。

是因为相原殉情而恼火，还是因为眼镜滑落而生气，着实难以分辨。

信吾用手掌胡乱地擦了一把脸，站起来就向盥洗间走去。

报上刊登相原在住宿簿上填写的地址是横滨。没有刊登妻子房子的名字。

这段新闻报道，与信吾一家无关。

所谓横滨是无稽之谈。也许是由于相原无固定的住处，也许房子已经不是相原的妻子。

信吾先洗脸后刷牙。

信吾至今依然认为房子是相原的妻子，他受到这种思绪的牵动，感到烦恼，也感到迷惘。这大概不过是他的优柔和感伤吧。

"这还是留待时间去解决吧。"信吾嘟哝了一句。

信吾迟迟没解决的问题，难道时间终将会解决吗？

相原落到这种地步之前，难道信吾就无法拉他一把吗？

还有，究竟是房子迫使相原走向毁灭呢，还是相原引诱房子走向不幸？不得而知。假使说他们具有迫使对方走向毁灭和不幸的性格，那么也具有由于对方引诱而走向毁灭和不幸的性格。

信吾折回饭厅，一边喝热茶一边说：

"菊子，你知道吧，五六天前，相原把离婚申请书邮寄来了。"

"知道。爸爸生气了……"

"嗯，真让人生气。房子也说，太侮辱人了。也许这是相原寻死前做的善后处理吧。相原是有意识自杀的，而不是诈骗，倒不如说女的被当作同路人了。"

菊子紧蹙着美丽的双眉，沉默不语。她穿着一身黑条纹的丝绸衣裳。

"把修一叫醒，请他到这里来。"信吾说。

菊子站起来走了。信吾望着她的背影，也许是穿和服的缘故吧，她似乎长高了。

"听说相原出事了？"修一对信吾说罢，就拿起了报纸，"姐姐的离婚申请书送出去了吧？"

"还没有呢。"

"还没送出去吗？"修一抬起脸来说，"为什么？哪怕在今天，还是早点送出去好。要是相原救不活，那不成了死人提出离婚申请了吗？"

"两个孩子的户籍怎么办？孩子的事，相原一句话也没有提及。小小的孩子哪有选择户籍的能力呢。"

房子也已盖章的离婚申请书，依然放在信吾的公文包里，每天往返于宅邸和公司之间。

信吾经常派人把钱送到相原的母亲那里。他本想也派这人把离婚申请书送到区政府，却一天天地拖下来，没有办理。

"孩子已经到咱家来了，有什么法子呢？"修一撂下不管似的说。

"警察会到咱家来吗？"

"来干什么？"

"为了相原的担保人什么的。"

"不会来吧。为了不出现这种事，相原才把离婚申请书送来的吧。"

房子使劲地将隔扇打开，穿着睡衣就走了出来。

她没有仔细阅读这篇报道，就稀里哗啦地将报纸撕碎，要扔出去。但她撕时用力过度，扔也扔不出去了。于是，她像倒下似的，将撒满一地的碎报纸推在一旁。

"菊子，把那隔扇关上。"信吾说。

透过房子打开的隔扇，可以望见对面两个孩子的睡姿。

房子颤抖着的手还在撕报纸。

修一和菊子都不言语。

"房子，你不想去接相原吗？"信吾说。

"不想去。"

房子一只胳膊肘支在榻榻米上，蓦地转过身子，抬眼盯着信吾。

"爸爸，您把自己的女儿看成什么样啦？不争气。人家迫使自己的女儿落到这步田地，难道您就不气愤吗？要接您去接，去丢人现眼好啰。到底是谁让我嫁给这种男人的呢？"

菊子站起来，走到厨房里。

信吾突然想脱口说出浮现在脑海里的话。他一声不响地寻思：这种时候，倘若房子去接相原，使分离了的两个人重新结合，两人的一切重新开始，这在人世间也是有可能的啊。

二

相原是活是死，此后报纸就没有报道。

从区政府接受离婚申请书这点看来，户籍可能尚未注上死亡。

然而，相原就算死了，也不至于被当作身份不明的男尸埋葬掉吧。应该是不会的，因为相原还有个腿脚不灵便的母亲。纵令这位母亲没有读报，相原的亲戚中总会有人发觉的。信吾想象，相原大概没救了。

光凭想象，就把相原的两个孩子领来收养，这能了结吗？修一简单地表明了态度，可是信吾总是顾虑重重。

眼下，两个外孙女已成为信吾的负担。修一似乎还没有想到她们早晚也会成为自己的包袱。

且不去说负责养育，房子和外孙女儿们今后的幸福仿佛已经丧失了一半，这是同信吾的责任有关吧？

信吾拿出离婚申请书时，脑海里便浮现出相原的妍妇的事来。

一个女人确实死了。这女人的生死又算得了什么呢？

"变成精灵吧。"信吾自言自语，不禁为之一惊。

"但是，这是无聊的一生。"

倘若房子和相原的生活相安无事，那女人殉情的事也就不会发生。所以，信吾也不免有间接杀人之嫌。这样一想，难道就不会引起自己哀悼那女人的慈悲心吗？

信吾的脑海里没有浮现这女人的姿影，却突然现出菊子胎儿的模样。虽然不可能浮现早早就被打掉了的胎儿的样子，却浮上可爱的胎儿的类型来。

这孩子没能生下来，难道不正是信吾间接杀人吗？

连日倒霉的天气，连老花镜都滑落下来。信吾只觉右边胸口郁闷极了。

这种梅雨天一放晴，阳光遽然毒晒起来。

"去年夏天，盛开向日葵的人家，今年不知种的什么花，好像是西洋菊，开的是白花。仿佛事先商量好似的，四五户人家并排种植了同样的花，真有意思。去年全是种向日葵哪。"信吾一边穿裤子一边说。

菊子拿着信吾的外套，站在他的面前。

"向日葵去年全被狂风刮断了，会不会是这个缘故呢？"

"也许是吧。菊子，你最近是不是长高了？"

"嗯，长高了。自从嫁过来之后，个子就一点点地长，最近突然猛长。修一也吓了一跳。"

"什么时候……"

菊子脸上顿时泛起一片红潮，她绕到信吾身后，给他穿上外套。

"我总觉得你长高了，恐怕不光是穿和服的缘故吧。嫁过来都好几年了，个子还在长，真不错呀。"

"发育晚，长得还不够呗。"

"哪儿的话，不是很可爱吗？"信吾这么一说，心里觉得她确实娇嫩可爱。可能修一抱菊子的时候都发觉她长高了吧。

信吾还想着失去了的那个胎儿的生命，仿佛还在菊子的体内伸展。他边想边走出了家门。

里子蹲在路旁，张望着街坊女孩子在玩过家家。

孩子们用鲍鱼的贝壳和八角金盘的绿叶做器皿，利索地把青草剁碎，盛在这些器皿上。信吾也为之佩服，停住了脚步。

她们也把西番莲和延命菊的花瓣剁碎，作为配色放在器皿上。

她们铺上席子，延命菊的花影浓重地投落在席子上。

"对，就是延命菊。"信吾想起来了。

三四户人家并排种植了延命菊，替代了去年种植的向日葵。

里子年纪幼小，孩子们没有让她入伙。

信吾刚要迈出步子，里子追赶上来喊了声"外公"，缠住他不放。

信吾牵着外孙女的手，一直走到临街的拐角处。里子跑回家的背影很有夏天的气息。

在公司的办公室里，夏子伸出白皙的胳膊，正在揩拭窗玻璃。

信吾随便问了一句：

"今早的报纸，你看过了？"

"嗯。"夏子淡淡地应了一声。

"说是报纸，就是想不起什么报纸。是什么报纸来着……"

"您是说报纸吗？"

"是在什么报纸上看到的，我忘了。哈佛大学和波士顿大学的社会科学家，向上千名女秘书发出调查问卷，询问她们什么时候最高兴。据说她们异口同声地回答：有人在身边时自己受到表扬。女孩子，不分东方和西方，大概都是那样吧。你怎么看呢？"

"啊，多害臊呀。"

"害臊和高兴多半是一致的。在有男性追求的时候，不也是那样吗？"

夏子低下头来，没有作答。信吾心想，如今，这样的女孩子少见啊。他说：

"谷崎就属于这一类，最喜好能在人前受到表扬。"

"刚才，约莫八点半的时候，谷崎来过了。"夏子笨拙地说了一句。

"是吗？后来呢？"

"她说午间再来。"

信吾产生了一种不吉利的预感。

他没出去吃午饭，在办公室里等待。

英子打开门扉，驻步立在那里，屏住呼吸望着信吾，几乎哭出来了。

"哟，今天没带鲜花来吗？"信吾掩饰着内心的不安说。

英子像要责备信吾的不严肃似的，非常严肃地走过来。

"哦，又要把人支开吗？"

夏子出去午休了，房间里就只剩下信吾一个人。

信吾听英子说修一的情妇怀了孕，不禁吓了一跳。

"我对她说，可不能把孩子生下来呀。"英子颤抖着两片薄唇，"昨天，下班回家途中，我抓住绢子这么对她说了。"

"嗯。"

"可不是嘛！太过分了。"

信吾无法回答，沉下脸来。

英子这么说，是把菊子的事联系在一起了。

修一的妻子菊子和情妇绢子先后怀了孕。这种事在世间是可能发生的，信吾却不曾想到在自己的儿子身上也发生了。而且，菊子最终做了人工流产。

三

"请去看看修一在吗，要是在，叫他来一下……"

"是。"

英子拿出一面小镜子，迟疑似的说：

"挂着一副奇怪的表情，真难为情哩。再说，我来告密，绢子大概也知道了吧。"

"哦，是吗？"

"为了这件事，哪怕辞掉眼下这家店铺的工作也可以……"

"不。"

信吾用了办公桌上的电话。有其他职员在，他不愿意在房间里同修一照面。修一不在。

信吾邀英子去附近的西餐馆，他们从公司里走了出来。

个子矮小的英子靠近信吾，抬脸仰望着信吾的脸色，轻声地说：

"我在您办公室任职的时候，您曾带我去跳过一次舞，您记得吗？"

"嗯。你头上还扎了一根白缎带呢。"

"不，"英子摇了摇头，"扎白缎带是在那场暴风雨后的第二天。那天您第一次问到绢子的事，我好为难，所以印象非常深刻。"

"是这样吗？"

信吾想起来了。的确，当时从英子那里听说，绢子的嘶哑声音很性感。

"是去年九月份吧？后来修一的事，也让你够担心的啦。"

信吾没戴帽子就出来了，烈日当空晒得也够呛。

"什么忙也帮不上。"

"这是由于我没能让你充分发挥作用，我这一家可真惭愧啊。"

"我很尊敬您。辞掉了公司的工作，反而更留恋了。"英子用奇妙的口气说，久久才吞吞吐吐地继续说下去，"我对绢子说，你可不能把孩子生下来啊。她却说，你说什么？别太狂妄了，你不懂，你这号人懂得什么？别多管闲事啦。最后又说，这是我肚子里的事……"

"嗯。"

"这种怪话是谁托你来说的？如果要让我同修一分手，除非修一完全离开我，那就只好分手，可我还是可以独自将孩子生下来，谁都不能把我怎么样。你要是问孩子生下来是不是不好，就去问问我肚子里的胎儿好啰……绢子认为我不懂世故，嘲笑我。尽管这样，她却说，请你别嘲笑人。绢子可能打算把孩子生下来哩。事后，我仔细想了想，她同阵亡的前夫没有生过孩子呢。"

"啊？"

信吾边走边点头。

"我让她动了肝火，她才那样说的。也许不会生下来吧。"

"多久了？"

"四个月了。我没有察觉，可店里人都知道……传闻老板听说这件事，也规劝她最好别生。绢子因为怀孕被迫辞职太可惜了。"

英子一只手抚摸半边脸，说："我不懂。只是来通报一声，请您和修一商量吧……"

"嗯。"

"您要见绢子，最好早点见。"

信吾也在考虑这件事，英子却说了出来。

"对了，到公司里来的那个女人，还跟绢子住在一起？"

"是说池田吗？"

"对。她们哪个年岁大？"

"绢子可能比她小两三岁。"

用餐后，英子跟着信吾一直走到公司门口，微微一笑，却像是要哭的样子。

"就此告辞了。"

"谢谢。你这就回店里去吗？"

"嗯。最近绢子一般都提前回家，店里六点半才下班。"

"她没去店里，这是没料到的啊。"

英子似是催促信吾今天就去见绢子。信吾却有点泄气。

他即使回到镰仓的家，也不忍看到菊子的脸吧。

修一有情妇期间，菊子连怀孕心里也感到窝火，出于这种洁癖，她不愿生孩子，可做梦也想不到这个情妇竟怀孕了。

信吾知道菊子做人工流产后回娘家住了两三天，返回婆家后同修一的关系变得和睦了，修一每天早归，似乎很关怀菊子。这究竟是怎么回事呢？

往好里解释，修一也许会被要生孩子的绢子折磨，从而疏远绢子，以此向菊子表示歉意吧。

然而信吾的脑海里仿佛充斥着某种令人讨厌的颓废和背德的腐臭。

这一切到底是怎么产生的呢？信吾连胎儿的生命都觉得是一种妖魔。

"要是生下来，就是我的孙子。"信吾自语了一句。

蚊群

一

信吾在本乡道的大学一侧步行了好久。

在商店所在的一侧下了车。要拐进绢子家的小胡同，必须从这一侧进去。可是，他却特意跨过电车道，走到对面去了。

要到儿子的情妇家，信吾感到有一种压抑，有点踌躇不决。她已经怀孕，初次见面，像"请你不要生下这孩子"这类话，信吾能说得出口吗？

"这岂不是杀人吗？还说什么不想弄脏这双老人的手。"信吾自言自语。

"不过，解决问题都是很残酷的。"

按理说，这件事应由儿子来解决，不该由父母出面。然而，信吾没有跟修一说一声，就想到绢子那儿去看看。这似乎是不信赖修一的证据。

信吾感到震惊，不知从什么时候起，自己和儿子之间竟产生了这种意想不到的隔阂。自己到绢子那里，与其说是替修一去解决问题，不如说是怜悯菊子，去为菊子打抱不平。

璀璨的夕照，只残留在大学树丛的树梢上，给人行道上投下了阴影。身穿白衬衫和白裤子的男学生，和女学生围坐在校园的草坪上。确实是梅雨天间歇放晴的样子。

信吾用手摸了摸脸颊。酒醒了。

距绢子下班还有一段时间，信吾便邀其他公司的友人去西餐厅用晚饭。与友人好长时间没见面了，不由得就喝起酒来。登上二楼餐厅之前，他们先在楼下的酒馆喝开了，信吾也陪着喝了点儿。后来又回到酒馆，坐了下来。

"什么，这就回去吗？"友人呆然了。他以为好久不见，信吾会有话要说，所以事前给筑地的什么地方挂过电话了。

信吾说要去会人，约莫需要一个小时。于是，他从酒馆里走出来。友人在名片上写上筑地的地址和电话号码，递给了信吾。信吾没有打算去。

信吾沿着大学的围墙行走，寻找马路对面小胡同的入口。虽然印象模糊了，但他并没有走错路。

一走进朝北的昏暗的大门，只见粗糙的木屐箱上放着一盆西洋花的盆栽，还挂着一把女用阳伞。

一个系着围裙的女子从厨房里走出来。

"哎哟！"她有点拘谨，脱下了围裙。她穿着深蓝的裙子，打着赤脚。

"你是池田小姐吧。记得什么时候你到过敝公司……"信吾说。

"到过。是英子带去的，打搅您了。"

池田一只手攥住揉成团的围裙，跪坐下来施了一个礼。而后望着信吾，似乎在探问："有什么事吗？"大概没有施粉的缘故，眼圈边的雀斑很是显眼。鼻子小，鼻梁笔直，单眼皮，显得有点孤单的样子。肤色白皙，容貌端庄。

新罩衫可能也是绢子缝制的。

"其实嘛，我是想来见绢子小姐的。"信吾恳求似的说。

"是吗？她还没回来，不过也快回来了，请进屋里来吧。"

厨房里飘来了煮鱼的香味。

信吾本想待绢子回家吃过晚饭后再来，可是池田却竭力挽留，把他带到了客厅里。

八叠大的房间里，堆满了时装的样本，还有许多像是外国的流行杂志。杂志旁边立着两具法国模特。装饰性的衣裳的色彩，与陈旧的墙壁很不协调。缝纫机上耷拉着正在缝纫的丝绸。这些艳丽的花绸，使榻榻米显得更不整洁了。

缝纫机左边安放着一张小桌，上面放着小学教科书，还有小男孩的照片。

缝纫机和桌子之间，摆着一张梳妆台。后面的壁橱前立着一面大穿衣镜，格外醒目。也许是供绢子自己比试缝制好的服装用的，也许是搞家庭副业供客人试样用的。穿衣镜旁还安放着一块大熨板。

池田从厨房里端来了橙汁。她发现信吾正在看孩子的照片，便直率地说：

"是我的孩子。"

"哦。在上学吗？"

"不。孩子不在我身边，留在我丈夫家里呢。这些书是……我不像绢子那样有固定工作。我是干类似家庭教师的工作，上六七户人家教书。"

"原来如此。要是一个孩子的教科书，就太多了。"

"是的，有各年级的孩子……和战前的小学大不相同啰。我也不胜任教书，但我同孩子一起学习，有时觉得如同跟自己的孩子在一起……"

信吾只顾点头，对这个战争寡妇还能说些什么。

就说绢子吧，她也在工作呢。

"您怎么知道我们住这儿？"池田问，"是修一说的吧？"

"不，以前我来过一次。那时我来了，却没有进屋。可能是去年秋天吧。"

"哦，去年秋天？"

池田抬头望了望信吾，马上又把眼帘耷拉下来，沉默了一会儿，像要把信吾推开似的说："最近修一可没有到这儿来。"

信吾思忖着，是不是把今天的来意也告诉池田呢？

"听说绢子已怀孕了，对吧？"

池田蓦地抽动了一下肩膀，把视线移到自己孩子的照片上。

"她是不是打算把孩子生下来呢？"

池田依然望着孩子的照片。

"这个问题请您直接跟绢子谈吧。"

"这倒也是。不过，这样一来，母子都会不幸的。"

"不论怀没怀孕，要论不幸，绢子可以说是不幸的。"

"但是，你也规劝过她同修一分手吧。"

"是呀，我也这么想……"池田说，"绢子比我强，算不上是规劝。我和绢子性格完全不同，可倒合得来。自从在'未亡人之会'相识之后，我们就一起生活。我受到绢子的鼓励，我们两人都从婆家搬出来，也不回娘家。唉，可以说是自由之身啊。我们相约要自由思考。丈夫的照片虽然带来了，却都放进箱子里。孩子的照片倒是拿了出来……绢子一味阅读美国杂志，也借助字典翻阅法国刊物，她说因为全是有关裁缝的杂志，文字解说不多，大体能读下来。不久的将来，她可能要经营自己的店铺吧。我们两人谈心时，她说倘使可以再婚，她想也无妨，可不知为什么她总是同修一缠在一起，我就不明白了。"

门刚打开，池田立即站起身走去。信吾听见了她们的对话：

"你回来了，尾形的父亲来了。"

"找我的吗？"一个嘶哑的声音说。

二

厨房里传来了自来水的声音，似是绢子到厨房里喝水去了。

"池田，你也陪我好吗？"绢子回头说了一句，便走进客厅。

绢子身穿华丽的西服裙，可能是个子高的缘故吧，信吾看不出她怀孕了。信吾无法相信从她那两片薄薄的小唇间会吐出嘶哑的声音。

梳妆台就放在客厅里，她似乎是用随身携带的粉盒略略化妆后才进来的。

信吾对她的第一印象并不太坏。她那张扁平的圆脸，看不出池田所说的那样意志坚强。手也胖乎乎的。

"我姓尾形。"信吾说。

绢子没有应声。

池田也走过来，在小桌边面对信吾落座之后，马上说道：

"客人待了好长时间了。"

绢子沉默不语。她那张明朗的脸庞，也许是没有显露出反感或困惑的缘故，倒不如说像要哭的样子。信吾想起来了，修一在这家中喝得酩酊大醉，逼池田唱歌时，绢子就哭了。

绢子似是从闷热的大街上急匆匆地赶回家来的，她满脸通红，可以看出她那丰满的胸脯在起伏。

信吾无法说出带刺的话来了。

"我来见你，有点奇怪吧。但即使不来见你……我要说的话，你大概也会想到吧。"

绢子还是没有应声。

"当然，我是说修一的事。"

"要是修一的事，没什么可说的。您是不是要让我赔礼道歉呢？"绢子猛地顶撞了一句。

"不，是我应该向你道歉。"

"我和修一已经分手了，再也不会给府上添麻烦啦。"绢子说着望了望池田，"这样可以了吧？"

信吾吞吞吐吐，终于说出了一句：

"孩子还是留下来了，不是吗？"

绢子脸色倏地刷白，她使尽全身的力气说：

"您说什么呀？！我听不明白。"她声音低沉，显得更嘶哑了。

"太失礼了，请问你是不是怀孕了？"

"这种事，非要我回答不可吗？一个女人想要孩子，旁人怎么阻挠得了呢？男人哪能明白哟。"

绢子快速地把话说完，双眼已经噙满泪水。

"你说旁人，可我是修一的父亲啊！你的孩子理应有父亲吧。"

"没有。战争寡妇下了决心把私生子生下来。我别无所求，只请您让我把孩子生下来。您很慈悲，请您发发善心吧。孩子在我腹中，是属于我的。"

"也许是吧。不过，以后你结婚还会生孩子的……何必非要现在生下这个不自然的孩子呢？"

"有什么不自然的呢？"

"这个嘛……"

"再说，我今后不一定结婚，也不一定会有孩子，难道您是在说上帝似的预言？先前，我就没有孩子嘛。"

"就以现今你与孩子父亲的关系来说，孩子和你都会很痛苦的。"

"战死者的孩子有的是，他们都在折磨着母亲啊！只要您想到战争期间去了南方，甚至还留下混血儿这种事就行啦。男人早就忘却了的孩子，女人却把他们抚养长大。"

"我是说修一的孩子。"

"只要不用府上照顾，总可以吧。我发誓，绝对不会哭着央求你们的。再说我和修一已经分手了。"

"恐怕不能这么说吧。孩子往后的日子还长着呢，何况父与子的缘分是切也切不断的！"

"不，不是修一的孩子。"

"你大概也知道修一的妻子不生孩子的事了吧。"

"当妻子的要生多少就能生多少嘛。假如不怀孕，她会后悔的。对于条件优越的太太来说，她是不会了解我的心情的。"

"你也不了解菊子的心情。"

信吾终于脱口说出菊子的名字来。

"是修一让您来的吗？"绢子诘问似的说，"修一对我说：'不许你生孩子。'他打我、踩我、踢我，要把我拽到医生那儿去，还硬把我从二楼拖下来。他用这种暴力行为或耍弄花招来对待我，难道不是对自己的妻子已经尽到情义了吗？"

信吾哭丧着脸。绢子回头望了望池田，说：

"太过分了，对吧？"

池田点了点头，而后对信吾说：

"绢子从现在起就将剪裁西服剩下的布料积存起来，准备给孩子做尿布了。"

"我挨了一脚，担心胎儿受影响，就去看医生了。"绢子接着说，"我对修一说：'这胎儿不是你的孩子，不是你的孩子。'就这样，我们分手了，他也就不来了。"

"这么说来，是别人的？"

"是的。您这样理解，很好。"

绢子抬起脸来。她刚才就开始流泪了，现在新的泪水又从脸颊上流淌下来。

信吾束手无策。绢子似是很美。仔细端详她的五官长相并不觉得美，可乍一看却给人是个美人的印象。

然而，人不可貌相，绢子这样一位女性表面温顺，实际上对信吾却一步也不相让。

<h1 style="text-align:center">三</h1>

信吾垂头丧气，从绢子的家走了出来。

绢子接受了信吾给她的支票。

"倘使你同修一完全断绝关系，还是接受的好。"池田爽快地说。绢子点了点头。

"是吗？这是分手费？我成了有资格拿这笔钱的人啰。要写收据吗？"

信吾雇了一辆出租车。他无法判断绢子会同修一再度言归于好，去做人工流产呢，还是就此断绝关系。

绢子对修一的态度和对信吾的来访都很反感，心情十分激动。然而，这仿佛也表明了一个女人渴望孩子的哀切愿望是多么强烈。

让修一再度接近她也是危险的。可是，就这样下去，她会把孩子生下来的。

倘若如绢子所说的，这是别人的孩子就好了。可是修一连这点也闹不清。绢子赌气这样说，修一也就这样轻易地相信了。要是事后不引起纠纷，倒也天下太平，然而生下的孩子却是铁一般的事实。即使自己死后，自己不认识的孙子仍会继续活下去。

"这是怎么回事？"信吾嘟囔了一句。

相原决心同姘妇双双殉情未果后，便仓促地提出了离婚的申请，信吾要自己来收养女儿和两个外孙女。修一就算同那个女人分手，可孩子总会在某个地方生存吧。这两桩事难道不都是没有彻底解决而敷衍一时吗？

对任何人的幸福，自己都无能为力。

回想起自己同绢子那番笨拙的对话，就感到懊丧不已。

信吾本来打算从东京站径直回家，可看过兜里朋友的名片之后，他就驱车绕到筑地的宅邸去了。

本想向朋友倾诉衷肠，但同两个艺伎一喝醉酒，说的话就不成体统了。

信吾想起，有一回宴罢归途，在车上他曾让一个年轻的艺伎坐在自己的膝上。这女孩子一来，友人就时不时地说些无聊的话，诸如什么不可轻视啦、很有眼力啦等。信吾记不清她的容貌，却依稀还记得她的名字。对信吾来说，这已是很了不起的事。话又说回来，她是个可怜又文雅的艺伎。

信吾和她进了小房间里。他什么也没做。

不知不觉间，女子安详地将脸贴在信吾的胸前。信吾正想她是不是在卖弄风情，这时，她却像是已入梦了。

"睡着了吗？"信吾望了望她，但她紧贴着自己，看不见她的脸。

信吾微微一笑。这个把脸紧贴在自己胸前安静入睡的女子，让他感到一种温馨的慰藉。她比菊子小四五岁，还是个十几岁的孩子。

也许这是娼妇的悲凉与凄怆。不过，一位年轻女子投在信吾怀里入睡，信吾隐约感到一种温暖，沉浸在幸福之中。

信吾寻思，所谓幸福或许就是这样一瞬间的、虚幻的东西。他也朦朦胧胧地想过，大概在性生活方面也有贫与富、幸与不幸的差异吧。

他悄悄地溜了出来，决定乘末班电车回家去。

保子和菊子都未入睡，她们在饭厅里相候。时已深夜一点多了。

信吾避免直视菊子的脸。

"修一呢？"

"先睡了。"

"哦？房子也睡了？"

"嗯。"菊子一边收拾信吾的西服，一边说，"今天晚间天气还好，现在又转阴了吧。"

"是吗？我没注意。"

菊子一站起身，信吾的西服就掉落下来，她又重新整理裤子的折痕。

她去过美容院了吧？信吾发现她的头发理短了。

信吾听着保子的鼾声，好不容易才入睡，旋即就做起梦来。

他变成一个年轻的陆军军官，身穿军服，腰间佩日本刀，还携带着三支手枪。刀好像是祖传的，让修一上战场时带走的那把。

信吾走在夜间的山路上，随身带了一个樵夫。

"夜间走路很危险，难得走一趟。您从右侧走比较安全些。"樵夫说。

信吾靠近右侧，感到不安，打开了手电筒。手电筒的玻璃片四周镶满了钻石，闪闪发光，光柱比一般手电明亮得多。手电一亮，就发现眼前有个黑色的物体挡住了去路。两三株大杉树干攒在一起。可仔细一瞧，却原来是蚊群。蚊群聚成大树的形状。信吾心想，怎么办呢？只好杀出重围了。于是拔出日本刀砍杀蚊群，砍呀，砍呀，大砍大杀起来。

信吾忽然回头看了看后面，只见樵夫跌跌撞撞地逃走了。他的军服处处都冒出火来。奇怪的是信吾竟然变成了两个人，另一个信吾凝视着身穿军服的冒着火的信吾。火舌沿着袖口、肩头或衣服边冒出来，随即又熄灭了。那不是在燃烧，而是星星点点的火花，还发出噼啪的爆裂声。

信吾好不容易才回到自己家里，好像是幼年时代住过的信州农村的家。他也能看到保子美丽的姐姐了。信吾十分疲劳，却一点也不痒。

不久，逃跑了的樵夫也辗转回到信吾的家里。他一到家就昏倒了。

可以从樵夫身上抓到满满一大桶蚊子。

不知道为什么竟能抓到蚊子，不过的确是清清楚楚地看到桶子里装满了蚊子。这时信吾醒了。

"大概是蚊子钻进蚊帐里来啦。"信吾正想侧身静听，头脑却一阵混乱，有点沉重。

下雨了。

蛇卵

一

入秋以后，夏日的劳顿大概现出来了，在归途的电车上，信吾有时打起盹儿来。

下班时间，横须贺线电车每隔十五分钟一趟，二等车厢并不太拥挤。

现今脑子里仍是迷迷糊糊的似梦若幻，浮现出洋槐树来，洋槐树上挂满了花。信吾经过那里的时候，不禁想：连东京街道两旁的洋槐树也都开花吗？这条路从九段下一直延伸至皇宫护城河畔。八月中旬，正是飘着纷纷细雨的日子。街中仅有的一棵洋槐树下的柏油路上，撒满了花。这是为什么呢？信吾从车厢里回头望了望，留下了这样的印象。是浅黄色小花，稍带绿色。即使没有这唯一的一棵树落花，光凭洋槐街树开花，大概也会给信吾留下印象吧。因为当时正是探视完一位因患肝癌住院的友人的归途上。

说是友人，其实是大学的同届同学，平素甚少来往。

他显得相当衰弱，病房里仅有一名贴身护士。

信吾不知道这位友人的妻子是否还健在。

"你见到宫本了？即使没见着，也请挂个电话，拜托他办那桩事好吗？"友人说。

"哪桩事？"

"就是过年开同学会时提出来的那桩事呀。"

信吾猜测到这是指弄氰化钾。如此看来，这个病人早已知道自己是患癌症了。

在信吾这伙年过花甲之人的聚会上，衰老的毛病和不治之症的恐怖每每都会变成话题。从宫本的工厂使用氰化钾谈起，有人提出，倘使患了不治之症，就向宫本要这种毒药。因为让这种悲惨的疾病长期折磨下去，实在是太凄凉了。再说，既然已经被宣判了死期，就希望自己有选择死期的自由。

"可是，那是酒兴上的逢迎话嘛！"信吾不痛快地道。

"才不用它呢，我不会用它。就像当时所说的，只是想拥有自由，仅此而已。一想到只要有了自由，随时都可以行事，就可以产生一股忍受今后痛苦的力量。对吧？可不是吗？我剩下的只有最后的这一点自由，或者是唯一的反抗了。但是，我保证不使用它。"

说话的时候，友人眼睛里闪烁着几丝光芒。护士一言不发，在编织白毛衣。

信吾没有拜托宫本，事情就这样搁置下来了。可一想到临死的病人也许盼望得到那玩意儿，就觉得厌烦。

从医院归家的途中，来到开花的洋槐街树前，信吾这才如释重负。可是，刚想打盹儿的时候，那洋槐街树又在脑海里浮现。岂不说明病人的事仍在脑子里盘旋吗？

然而，信吾终究睡着了。蓦地醒来时，电车已经停住了。

停在不是站台的地方。

这边的电车一停下来，奔驰在旁边轨道上的电车的响声就十分强烈，把他惊醒了。

信吾乘坐的这趟电车，刚启动就又停住，再启动又停住了。

成群的孩子从羊肠小道朝电车这边跑过来。

有的旅客将头探出窗口，望了望前进的方向。

左侧窗口可以看到工厂的钢筋水泥墙。围墙与铁路之间有道积满污泥浊水的小沟，一股恶臭也卷进电车里来了。

右侧窗口可以望见一条有孩子们奔跑过来的小道。有一只狗将鼻子伸进路旁的青草丛中，久久不见动作。

小路与铁道交接的地方，有两三间钉着旧木板的小房子。一个像是白痴的姑娘从那方洞般的窗口冲着电车招手。那手的动作是无力而缓慢的。

"十五分钟前开出的电车在鹤见站出了事故，在这里停车了。让大家久等了。"列车员说。

信吾前面的外国人将青年伙伴摇醒，用英语问道：

"他说什么啦？"

青年用双手搂着外国人的那只大胳膊，把脸颊靠在他肩膀上入睡了。眼睛虽睁开了，但依然是原来的姿势，他撒娇似的仰望着那个外国人，睡眼惺忪，双眸微微充血，眼窝塌陷。头发染成了红色，发根却露出黑发，是茶色的脏发，只有发尖部分却异常地红。信吾心想，他大概是勾引外国人的男妓。

青年把外国人放在膝上的手掌翻了过来，再将自己的手叠在上面，柔和地相握起来，像是一个深深感到满足的女人。

外国人穿着形似坎肩的衬衫，露出毛茸茸的胳膊，好像胳膊上贴着假鬓发似的。青年的个子并不矮小，但外国人是个彪形大汉，他就显得像个小孩儿。外国人腆着肚子，脖子粗大，大概连扭过来也困难吧。他对那青年的纠缠，简直无动于衷，是一副可怕的样子。他气色很好，相形之下，面带土色的青年的疲惫神色就更显眼了。

外国人的年龄虽难以知晓，但从他光秃的大头、脖颈的皱纹，以及赤裸的胳膊上的老人斑来看，可能与自己的年龄相仿吧。一想到这儿，信吾就觉得这外国人宛如一头巨大的怪兽，到这里来征服该国的青年似的。青年穿着一件暗红色的衬衫，开着上扣，露出了胸口。

信吾总觉得这青年不久就要死去似的。他把视线移开了。

臭水沟周围丛生着一片绿油油的艾蒿。电车仍然停着不动。

二

信吾嫌挂蚊帐闷得慌，早就不挂了。

保子几乎每晚都抱怨，不时地故意拍打蚊子。

"修一那边还挂着蚊帐呢。"

"那你就到修一那边去睡不是挺好嘛。"信吾望着没有蚊帐遮挡的天花板。

"我不能去修一那边。不过，打明晚起我可要到房子那边去啰。"

"对了，还可以抱着一个外孙女睡嘛。"

"里子都有妹妹了，怎么还那样缠着母亲不放呢。里子不至于有些异常吧？她时常露出异样的眼神。"

信吾没有回答。

"父亲不在才会那样的吧。"

"也许让她对你更亲近些就好啰。"

"我觉得国子比她好。"保子说，"你也要让她对你更热乎些才好。"

"打那以后相原不知是死是活，也没来言语一声。"

"已提出离婚申请书就可以了吧？"

"是可以算了结了吧？"

"是真的啊。不过，就算他好歹能活下来，也不知道他住在哪儿……唉！一想到女儿婚姻失败，就万念俱灰。都生下两个孩子了，一旦离了婚便形成这样的局面吗？如此看来，结婚也是很靠不住的啊！"

"纵令婚姻失败，总该留点美好的余情嘛。要说房子不好，确实也不好。相原时运不济，尝到哪些苦头了，房子恐怕也不太关心和体谅吧。"

"男人自暴自弃，使女人简直束手无策，真让女人无法接近哩。要是遭到遗弃还忍耐下去，那房子就只好同孩子们一起自杀。男人就是在走投无路的时候，还有别的女人跟他一道殉死，也许他还不是不可救药。"保子说，"眼下修一似乎还好，可谁知道什么时候又会怎么样呢。这次的事菊子似乎反应很大哩。"

"你是指孩子的事吧？"

信吾的话里含有双重意义，那就是菊子不愿把孩子生下来和绢子想把孩子生下来。后者保子不知道。

绢子反抗说，那不是修一的孩子。生不生，她是不会接受信吾的干涉的。是不是修一的孩子，信吾虽然不得而知，但总觉得她是故意这样说的。

"也许我钻进修一的蚊帐里睡会更好些。也许他同菊子两人又不知商量什么可怕的事呢。真危险……"

"商量什么可怕的事？"

仰躺着的保子朝信吾那边翻过身去，她似乎想去握信吾的手。信吾没有把手伸出来。她触了一下信吾的枕边，悄悄说秘密似的：

"菊子嘛，也许又怀孕了。"

"哦？"

信吾不禁大吃一惊。

"我觉得太快了。可是，房子说菊子可能是怀孕了。"

保子再也装不出像坦白自己怀孕的神态来了。

"房子这样说了吗？"

"我觉得太快了。"保子又重复了一遍，"我是说她善后处理太快了。"

"是菊子或修一告诉房子的？"

"不是。大概只是房子自己观测的吧。"

保子使用"观测"这个字眼，怪别扭的。信吾认为这是中途折回娘家的房子对弟媳妇说三道四。

"你去叮嘱她一下，这回可要多加保重。"

信吾心里憋得慌。一听说菊子怀了孕，绢子怀孕的事更强烈地逼将过来了。

两个女人同时怀着一个男人的孩子，或许不算什么稀奇。然而事情发生在自己儿子身上，就带来一种离奇的恐怖感。难道这是什么事的报应或诅咒？难道这是地狱的图景？

按一般想法，这不过是极其自然健康的生理现象。可是，信吾如今不可能有这种豁达的心胸。

再说，这是菊子第二次怀孕了。菊子前次堕胎的时候，绢子已怀孕了。绢子还没有把孩子生下来，菊子又怀孕了。菊子不晓得绢子怀孕了。此刻绢子的胎相已经很显眼，也有胎动了吧。

"这回我们也知道了，菊子不会随便行事了吧。"

"是啊。"信吾有气无力地说，"你也要跟菊子好好谈谈。"

"菊子生下来的孙子，你定会疼爱啰。"

信吾难以成眠。

难道没有一种暴力迫使绢子不要把孩子生下来吗？信吾有点焦灼。想着想着，脑海里又浮现出凶恶的空想来。

尽管绢子说不是修一的孩子，但倘使调查一下绢子的品行，或许能发现令人宽慰的秘密呢。

听见了庭院里的虫鸣声，已过凌晨两点了。这鸣声不是金铃子的，也不是金琵琶的，净是些不知名的虫在叫。信吾感到自己仿佛被迫躺在黝黑而潮湿的泥土中。

近来梦很多，黎明时分又做了个长梦。

梦境记不清了。醒来时仿佛还看见梦境中的两只白卵。那是沙滩，除了沙砾什么也没有。沙滩上并排着两只卵，一只是鸵鸟卵，相当大；另一只是蛇卵，很小，卵壳上有些裂缝，可爱的幼蛇探出头来，左顾右盼。信吾觉得这幼蛇着实可爱，就注视着它。

信吾无疑是惦挂着菊子和绢子的事才做这样的梦。他当然不晓得哪个胎儿是鸵鸟卵，哪个胎儿是蛇卵。

"咦，蛇究竟是胎生还是卵生？"信吾自语了一句。

三

翌日是星期天，九点过后信吾还躺在被窝里，双腿无力。

清晨，信吾回想起来，觉得不论是鸵鸟卵还是从蛇卵里探出头来的小蛇，都是令人害怕的。

信吾懒洋洋地刷完牙后，走进了饭厅。

菊子在把旧报纸摞在一起用绳子捆上。大概是拿去卖的吧。

为了保子，得将晨报归晨报、晚报归晚报，按日期顺序分别整理。这是菊子的任务。

菊子起身去给信吾沏茶。

"爸爸，有两篇关于两千年前的莲花的报道呢。您看过了吗？我把它单放出来了。"菊子边说边将两天来的报纸放在矮脚餐桌上。

"哦，好像看过了。"

可是，信吾又一次把报纸拿起来。

先前报纸曾报道说，从弥生式的古代遗址里发现了约莫两千年前的莲子，莲花博士使它发芽开了花。信吾曾将这张报纸拿到菊子的房间里，让她读。这是在菊子刚做过人工流产从医院回到家中躺在被窝里的时候。

后来又报道了两次关于莲花的消息。一次报道说，莲花博士将莲根分植到母校东京大学的"三四郎"池[1]里。另一次报道说，据美国方面的消息，东北大学某博士从泥炭屑中发现已变成了化石的莲子，送到美国去了。华盛顿国立公园将这莲子变硬的外壳剥掉，用濡湿的脱脂棉将它包上，放入玻璃器皿中。去年，它就萌发出新芽来。今年将它移植在池子里，它长出两个蓓蕾，绽开了淡红色的花。公园管理处公布说，这是上千年乃至五万年前的种子。

"先前读到这则报道时，我就这样想：倘使上千年乃至五万年这一说法是真的，那么这计算的年代也太长了。"信吾笑了笑，又仔细阅读了一遍。据报上说，日本博士从发现种子的地层的情况推断，估计是几万年前的种子，而美国则把种子外层剥掉，用碳素14放射能做调查，推测是一千年前的。

这是报社特派员从华盛顿发回来的通讯。

"可以处理掉吗？"菊子说着将信吾放在身旁的报纸捡了起来。

---

1 夏目漱石的小说《三四郎》中谈到这个池子，因此得名。

她的意思大概是问，报道莲花消息的这张报纸是否也可以卖掉。

信吾点了点头。

"不论是上千年还是五万年，都说明莲子的生命很长。比起人的寿命来，植物种子的生命大概是永恒的吧！"

信吾边说边瞧了瞧菊子。

"倘使我们在地下也能埋上千年，不死而只是憩息……"

菊子自言自语似的说：

"埋在地下……"

"不是坟墓。不是死而是憩息。人真的不能埋在地下憩息吗？过了五万年再起来，或许自己的困难、社会的难题都早已完全解决，世界变成乐园了。"

房子在厨房里给孩子吃东西，她喊道：

"菊子，这是给爸爸准备的饭菜吧。过来瞧瞧好吗？"

"嗯。"

菊子起身离开，而后把信吾的早餐端了上来。

"大家都先吃了，只剩下爸爸一人。"

"是吗，修一呢？"

"上钓鱼池去了。"

"保子呢？"

"在庭院里。"

"啊，今早不想吃鸡蛋。"信吾说着将盛着生鸡蛋的小碗递给了菊子。原来他想起梦中的蛇卵，就不愿吃蛋了。

房子烤好鲽鱼干端了上来，不声不响地放在矮脚餐桌上就走到孩子那边去了。

菊子接过盛了饭的碗，信吾开门见山地小声问道：

"菊子，要生孩子啦？"

"没有。"

菊子急忙回答过后，好像对这突如其来的提问感到震惊。

"没有，没有这回事。"菊子摇了摇头。

"没有吗？"

"嗯。"

菊子疑惑地望着信吾，脸上绯红。

"这回可要多加保重啊。先前我曾和修一谈过，我问他你能保证以后还会有孩子吗，修一说得很简单：保证也可以嘛。我说，这种说法就是不畏天的证明。自己明天的生命，其实也保证不了，不是吗？孩子无疑是修一和菊子的，不过也是我们的孙子啊！菊子肯定会生个好孩子的。"

"真对不起。"菊子说着垂下头来。

看不出菊子有什么隐瞒。

为什么房子会说菊子像是怀孕了呢？信吾不禁觉得房子说三道四的，也太过分了吧。大概还不至于房子已经察觉了，而当事人菊子却还没发现吧。

刚才那番话会不会被在厨房里的房子听见？他回头望了望，房子带着孩子出去了。

"修一以前好像没有去钓过鱼什么的吧？"

"嗯。也许是向朋友打听什么事去了。"菊子说道。

信吾却在想，修一终归还是同绢子分手了？因为星期天修一有时也到情妇那里去。

"过一会儿，咱们上钓鱼池去看看好吗？"信吾邀请菊子。

"好。"

信吾走到庭院，保子正站在那里仰望着樱树。

"你怎么啦？"

"没什么，樱树的叶子几乎全掉落了。可能长虫子哩。我刚觉得茅蜩在树上鸣叫，不想树上已经没有叶子了。"

她说话的时候，枯黄的叶子不停地散落下来。因为没有风，树叶没有翻个儿就直落下来了。

"听说修一到钓鱼池去了，我带菊子去看看就回来。"

"到钓鱼池去？"保子回过头询问了一句。

"刚才我问过菊子，她说没那回事呢。大概是房子判断错了。"

"哦？你问她了？"保子心不在焉地说。

"这真令人失望啊！"

"可房子为什么会那样胡思乱想呢？"

"为什么？"

"这是我问你的嘛。"

两人折回房间的时候，菊子已经穿上白毛衣和袜子，在饭厅里相候了。

她略施胭脂，显得很有生气。

四

电车车窗上突然映现出红花，原来是石蒜。它在铁路的土堤上开花，电车驶过的时候，花摇摇曳曳，显得很近。

信吾凝望着栽着成排樱树的户冢土堤上成行的石蒜花盛开的情景。花刚绽开，红得格外鲜艳。

红花令人联想到秋野恬静的清晨。

还看见芒草的新穗。

信吾脱下右脚上的鞋子，把右脚摞在左膝上，搓着脚掌。

"怎么啦？"修一问道。

"脚发酸。近来有时爬车站的台阶就觉着腿脚发酸。不知怎的，今年身体衰弱了，也感到生命力日渐衰退了。"

"菊子曾担心地说过，爸爸太劳累了。"

"是吗？或许是因为我说过真想钻入地下憩息个五万年吧。"

修一带着诧异的神色望了望信吾。

"这句话是从谈莲子的故事引起的。报上刊登过远古的莲子也能发芽开花的消息嘛。"

"啊？"

修一点燃了一支香烟，说：

"爸爸问菊子是不是怀孕了，她觉得很难为情呢。"

"究竟怎么样呢？"

"还没有吧。"

"那么，绢子这个女人怀的孩子又怎么样啦？"

修一顿时回答不上来。他用抵触的口吻说：

"听说爸爸上她家里去，还给她分手费。根本没必要这样做嘛。"

"你什么时候听说的？"

"是间接听到的。因为我和她已经分手了。"

"怀的孩子是不是你的？"

"绢子自己一口咬定说不是……"

"不管对方怎么说，难道这不是你的良心问题吗？究竟是不是吗？"信吾的话声有点颤抖。

"良心？我可不知道。"

"什么？"

"就算我一个人痛苦，我对女人那种疯狂般的决心也是无能为力的啊。"

"她远比你痛苦嘛。就说菊子吧，又何尝不是这样呢。"

"可是，一旦分手，至今绢子还是绢子，她会自由自在地活下去的。"

"这样行吗？难道你真的不想知道那是不是你的孩子？还是你良心上早已明白了呢？"

修一没有回答，一味眨巴着眼睛。对男子汉来说，他那对双眼皮显得太过漂亮。

信吾公司的办公桌上放着一张带黑框的明信片。这是一位患肝癌的友人的讣告，他是因衰弱而死亡的，信吾觉得他辞世得过早了。

是不是有人给他下毒药了？也许是他不只拜托信吾一个人。也许是用别的办法自杀的吧。

另一封信是谷崎英子寄来的。英子来信告知她已经从那家裁缝店转到另一家去了。在英子走后不久，绢子也辞去了店里的工作，迁到沼津。据说绢子还对英子说过，在东京很难待下去，所以自己准备在沼津开一家小铺子。

英子虽然没有写到，但信吾可以想象：绢子也许打算躲到沼津把孩子生下来。

难道真如修一所说，绢子跟修一或信吾没有任何关系，成了一个自由自在活下去的人?

信吾透过窗口望着明亮的阳光,短暂地陷入茫然之中。

那个与绢子同居的叫池田的女子,孤身一人,不知怎么样了。

信吾很想去见见池田或英子,打听一下绢子的情况。

下午,信吾前去凭吊友人,他才知道死者的妻子早在七年前就去世了。死者生前是同长子夫妇一起生活,家中有五个孙子。长子和孙儿们似乎都不像这位死去的友人。

信吾怀疑这位友人是自杀的,当然他是不应该问及这件事的。灵柩前摆放着的花中,以美丽的菊花最多。

回到公司,刚翻阅夏子送来的文件,没料到菊子就打来了电话。信吾被一股不安感所侵扰,以为又发生了什么事。

"菊子?你在哪儿?在东京?"

"嗯,回娘家来了。"菊子开朗地笑了笑说,"妈妈说有点事要商量,所以我就回来了,其实也没有什么大事。妈妈只是觉着寂寞,想看看我罢了。"

"是吗?"

信吾觉得仿佛有一股暖流渗进了他的心胸。大概是由于菊子在电话里的声音恍如少女般那样悦耳吧。不过,又好像不仅仅因为这个。

"爸爸,您该下班回家了吧?"

"对。那边大家都好吗?"

"都很好。我想跟您一起回去，所以才给您打电话的。"

"是吗? 菊子，你可以多住几天嘛，我会跟修一说的。"

"不，我该回去了。"

"那么，你就顺便到公司来好了。"

"顺便去可以吗? 本想在车站上等候您的。"

"你上这儿来好。我跟修一联系，咱们三人吃过饭再回去也可以嘛。"

"听说现在不论上哪儿，都不容易找到空位呢。"

"是吗? "

"我现在立即就去，行吗? 我已经做好了出门的准备。"

信吾觉得连眼皮都温乎乎的，窗外的街市蓦地变得清晰、明朗了。

秋鱼

一

十月的一天早晨，信吾刚要结领带，不料手的动作突然不灵了。

"嗯？嗯……"

于是，他将双手放下歇了歇，脸上露出困惑的神色。

"怎么回事？"

他将结了一半的领带解开，想再次结上，可怎么也结不上了。

信吾拉住领带的两头，举到胸前，歪着脑袋凝望。

"您怎么啦？"

本来菊子站在信吾的后面准备帮他穿西服外衣的，这时她绕到他的前面了。

"领带结不上了。怎么个打法全忘了，真奇怪哩。"

信吾用笨拙的手势慢慢地将领带绕在手指上，想把另一头穿过去，没弄好竟缠成一团。他那副样子好像想说"奇怪呀"，然而他的眼睛却抹上一层阴暗的恐怖和绝望的神色，使菊子大吃一惊。

"爸爸！"菊子喊了一声。

"该怎么结来着？"

信吾尽力回想，可怎么也回想不起来似的，呆呆地立在那儿。

菊子看不下去，就将信吾的西服外衣搭在一只胳膊上，走到信吾前面。

"怎么结好呢？"

菊子拿着领带不知该怎么结才好。她的手指在信吾的老花眼里变得朦胧了。

"该怎么结我全给忘了。"

"每天爸爸都是自己结领带的嘛。"

"说的是啊。"

在公司工作了四十年，天天都是熟练地把领带结上的，可为什么今早竟突然结不好呢？先前根本不用想该怎么结，只要手一动就会习惯成自然地把领带结好的。

信吾突然有点害怕，难道这就是自我的失落或掉队了吗？

"虽说我天天都看着您结领带，可是……"菊子挂着一副认真的表情，不停地给信吾结领带，时而绕过来，时而又拉直。

信吾听任菊子摆布。这时孩提时一寂寞就撒娇的那份感情便悄然地爬上了心头。

菊子的头发飘漾着一股香气。

她蓦地止住了手，脸颊绯红了。

"我不会结呀！"

"没有给修一结过吗？"

"没有。"

"只有在他酩酊大醉回家时，才替他解领带吗？"

菊子稍稍离开信吾，胸部觉得憋闷，直勾勾地望着信吾那耷拉下来的领带。

"妈妈也许会结哩。"菊子歇了歇，便扬声呼唤，"妈妈，妈妈，爸爸说他不会结领带了……请您来一下好吗？"

"又怎么啦？"

保子带着一副呆脸走了过来。

"自己打结不是很好吗？"

"他说怎么个结法全忘了。"

"一时间突然不会结了，真奇怪啊！"

"确实奇怪呀！"

菊子让到一旁，保子站在信吾的面前。

"嘿，我也不太会结。也许是忘了。"保子边说边用拿着领带的手将信吾的下巴颏儿轻轻地往上抬了抬。信吾闭上了双眼。

保子想方设法把领带结好。

信吾仰着头，或许是压迫了后脑勺的缘故，突然有点恍惚。这当儿满眼闪烁着金色的飘雪，恍如夕照下的大雪崩的飘雪，似乎还可以听见轰鸣声。

莫非发生了脑出血？信吾吓得睁开了眼睛。

菊子屏住了呼吸，注视着保子的手的动作。

从前信吾在故乡的山上曾看过雪崩，这会儿幻觉出那时的场景。

"这样行了吧？"

保子结好了领带，又正了正领带结。

信吾也用手去摸了摸，碰到保子的指头。

"啊！"

信吾想起来了，大学毕业后第一次穿西服的时候，是保子那位美貌的姐姐给结的领带。

信吾似是有意避开保子和菊子的目光，把脸朝向侧面的西服柜的镜子。

"这次还可以吧。哎呀，我可能是老糊涂了，突然连领带也不会结了，令人毛骨悚然啊！"

从保子会结领带这点看来，新婚的时候，信吾可能曾让保子替他结过领带吧。可现在怎么也想不起来了。

姐姐辞世后保子前去帮忙，是不是那时候也曾给她那位英俊的姐夫结过领带呢？

菊子趿着木凉鞋，不无担心地送信吾到了大门口。

"今晚呢？"

"没有会开，会早回来的。"

"请早点回来。"

在大船附近，透过电车的车窗可以望见晴朗秋空下的富士山。信吾检查了一下领带，发现左右相反了。大概因为保子是面对着信吾结的领带，左边取得太长，所以左右弄错了。

"什么呀！"

信吾解开领带，毫不费劲地重新结好了。

方才忘记结法的事就像是谎言似的。

二

近来，修一和信吾常常结伴回家。

每隔三十分钟一趟的横须贺线电车，傍晚时分就每隔十五分钟开出一趟，有时车厢反而空荡荡。

在东京车站里，一个年轻的女子独自一人在信吾和修一并排而坐的前方的席位上坐下了。

"麻烦您看一下。"她对修一说了一句，将红手提皮包放在座位上，就站了起来。

"是两个人的座位？"

"嗯。"

年轻女子的回答十分暧昧。浓施白粉的脸上没有一点愧色，转身就到月台去了。她身穿带垫肩的瘦长的蓝大衣，线条从肩流泻而下，一副柔媚而洒脱的姿态。

修一一下就询问她是不是两个人的座位，信吾深感佩服，他觉得修一很机灵。修一怎么会知道女子是有约会在等人呢？

经修一说过之后，信吾才恍然，那女子一定是去看伴侣了。

尽管如此，女子是坐在靠窗边的信吾前面。她为什么反而向修一搭话呢？也许她站起来的一瞬间是朝向修一，或是修一容易让女子接近。

信吾望了望修一的侧面。

修一正在阅读晚报。

不一会儿，年轻女子走进了电车，抓住敞开车门的入口的扶手，又再次扫视了一遍月台，好像还是没有看见约会的人。女子回到座位上来，她的蓝色大衣，线条从肩向下摆缓缓流动，胸前是一个大扣子。口袋开得很低，女子一只手插在衣兜里，摇摇摆摆地走着。大衣的式样有点古怪，却很适体。

与刚才离去前不同，这回她坐在修一的前面。她三次回头观望车厢的入口，看来或许是在靠近通道的座位上容易瞧见入口。

信吾前边的座位上摆放着那女子的手提包，是椭圆筒形的，铜卡口很宽。

钻石耳环大概是仿制的，却闪闪发光。女子紧张的脸上镶嵌着的大鼻子，格外地显眼；小嘴优美；稍微向上挑的浓眉很短；双眼皮很漂亮，可是线条没有走到眼角处就消失了；下巴颏儿线条分明，是一个典型的美人。

她的眼神略带倦意。看不出她有多大年纪。

入口处传来一阵喧嚣，年轻女子和信吾都往那边瞧了瞧，只见五六个汉子扛着好大的枫枝登上车来。看样子是旅行归来，好不欢闹。

信吾心想，从叶子的鲜红程度来看，无疑是北国的枫枝。

因为大汉们的大声议论，才知道是越后[1]内地的枫叶。

"信州[2]的枫叶大概也长得很美了。"信吾对修一说。

然而，信吾想起来的倒不是故乡山上的枫叶，而是保子的姐姐辞世时供在佛龛里的大盆的红叶盆栽。

那时候，修一当然还没有出世。

电车车厢里染上了季节的色彩，信吾目不转睛地凝望着出现在座位上的红叶。

突然醒悟过来，这时他发现年轻女子的父亲早已坐在自己的前面了。

---

1 古地区名，现在的新潟县一带。

2 古信浓地区的别称，现在的长野县一带。

原来女子是在等候她的父亲。信吾才不由得放下心来。

父亲也同女儿一样长着一个大鼻子。两个大鼻子并排在一起，不免让人觉得滑稽可笑。他们的发际长得一模一样。父亲戴着一副黑边眼镜。

这对父女似乎彼此漠不关心，相互间既不说话，也不相望。电车行驶到品川之前，父亲就入梦了，女儿也闭上了眼睛。令人感到他们连眼睫毛也是酷似的。

修一的长相并不太像信吾。

信吾一方面暗自期待着这父女俩哪怕说上一句话，另一方面却又羡慕他们两人犹如陌生人一般漠不关心。

他们的家庭也许是和睦的。

只有年轻女子一人在横滨站下车。这时，信吾不觉吃了一惊。原来他们岂止不是父女，还是素不相识的陌生人。

信吾感到失望，没精打采。

贴邻的男人眯缝着眼睛瞧了瞧车子是不是已驶出横滨，而后又邋里邋遢地打起盹儿来。

年轻女子一走，信吾突然发现这个中年男子真是邋里邋遢的。

三

信吾用胳膊肘悄悄碰了碰修一，小声说："他们不是父女啊？"

修一并没有表现出信吾期待的那样的反应。

"你看见了吧？没看见？"

修一只"嗯"地应了一声，点了点头。

"不可思议呀！"

修一似乎不觉得有什么不可思议。

"真相似呀！"

"是啊。"

虽说汉子已经入睡，又有电车疾驰的声音，但也不该高声议论眼前的人呀。

信吾觉得这样瞧着人家也不好，就把视线垂下来。一股寂寞的情绪侵扰而来。

信吾本来是觉得对方寂寞，可这种寂寞情绪很快就沉淀在自己的心底里。

这是保土谷站和户冢站之间的长距离区间。秋季的天空已是暮色苍茫。

看样子这个汉子比信吾小，不过五十五六岁光景。在横滨下车的女子，年龄大概跟菊子相仿。不过眼睛之美，与菊子完全不同。

但是信吾心想：那个女子为什么不是这个汉子的女儿呢？

他越发觉得难以想象了。

人世间竟有这样酷似的人，甚至令人觉得他们只能是父女关系。不过，这种情况并不多。对那个姑娘来说，恐怕只有这个男人与她这么酷似；对这个男人来说，恐怕也只有这个女子与他这么酷似。彼此都只限于一个人，或者说人世间像他们两人这样的例子仅有这一个。两人毫不相干地生存，做梦也不会想到对方的存在。

这两人突然同乘一辆电车。初次邂逅之后，大概也不可能再次相遇了吧。在漫长的人生道路上，仅仅相遇了三十分钟，而且也没有交谈就分手了。尽管相邻而坐，然而也没有相互瞧瞧，大概两人也没有发现彼此是如此相似吧。奇迹般的人，不知道自己的奇迹就离去了。

被这种不可想象的事所撞击的，倒是第三者信吾。

信吾寻思，自己偶然坐在这两人的面前，看到了这般奇迹，难道自己也参与奇迹了吗？

究竟是什么人创造了这对如此酷似父女的男女，让他们在一生中仅仅邂逅三十分钟，并且让信吾看到了这场景呢？

而且，只是因为这年轻女子等待的人没有来，就让她同看上去只能是她父亲的男人并肩而坐。

"这就是人生吗？"信吾不由得自言自语。

电车在户冢停下来。刚才入睡的男子急忙站起，他放在行李架上的帽子掉落在信吾的脚边了。信吾捡起帽子递给了他。

"啊，谢谢。"

男子连帽子上的尘土也没掸掉，戴上就走了。

"真有这种怪事啊，原来是陌生人！"信吾扬声说了一句。

"虽然相似，但装扮不同啊。"

"装扮？"

"姑娘精力充沛，刚才那老头却无精打采呀。"

"女儿穿戴入时，爸爸衣衫褴褛，世上也是常有的事，不是吗？"

"尽管如此，衣服的质地不同呀！"

"嗯。"信吾点了点头，"女子在横滨下车了。男子剩下一人的时候，蓦地变得落魄了，其实我也是看见的……"

"是吗？从一开始他就是那副模样。"

"不过，看见他突然变得落魄了，我还是感到不可思议，这让我联想到了自己。可他比我年轻多了……"

"的确，老人带着年轻美貌的女子，看起来颇引人注目。爸爸，您觉得怎么样？"修一漏嘴说了一句。

"那是因为像你这样的年轻小伙子看着也羡慕啊。"信吾搪塞过去。

"我才不羡慕呢。一对年轻漂亮的男女在一起，总觉得难以取得心灵上的平衡。丑男子同美女子在一起，令人觉得他怪可怜的。美人还是托付给老人好哟。"

信吾觉得刚才那两人的情形是难以想象的，这种感觉没有消去。

"不过，那两个人也许真是父女呢。现在我忽然想到，说不定是他与什么别的女人生下的孩子。他们相见，却没有通报姓名，父女彼此不相识……"

修一不理睬了。

信吾说罢，心里想：这下可糟啰！

信吾觉得修一可能以为自己的话是带刺的，于是又说：

"就说你吧，二十年后，说不定也会遇到这种情况哟。"

"爸爸想说的就是这个？我可不是那种感伤的命运论者。敌人的炮弹从我耳边呼啸擦过，一次也没打中我。也许在南洋留下了私生子，同私生子相见却不识而别。比起从耳边擦过的炮弹来，这等事又算得了什么。它没有危及生命。再说，绢子未必就生女孩子，既然绢子说过那不是我的孩子，我也只能想'是吗'，仅此罢了。"

"战争年代跟和平时期不一样。"

"也许如今新的战争阴影已经在追逼着我们，也许我们心中上次战争的阴影就像幽灵似的追逼着我们。"修一厌恶地说，"那女孩子有点与众不同，爸爸才悄悄地感到她有魅力，才会没完没了地产生各种奇妙的念头。一个女人总要跟别的女人有所不同，才能吸引男子嘛。"

"就因为女子有点与众不同，你才让女子养儿育女，这样做行吗？"

"不是我所希望的。要说希望的，倒不如说是女方。"

信吾不言语了。

"在横滨下车的那个女子，她是自由的嘛。"

"什么叫自由？"

"她不结婚，有人邀请就来。表面显得高雅，实际上她过的不是正经的生活，才显得这样不安稳、这样劳顿的嘛。"

对修一的观察，信吾不禁有点生畏了。

"你这个人也真烦人啊，什么时候竟堕落到这种地步。"

"就说菊子吧，她是自由的，是真正自由的嘛。不是士兵，也不是囚犯。"修一以挑战似的口吻将包袱抖搂出来。

"说自己的妻子是自由的，意味着什么呢？难道你对菊子也说这种话吗？"

"由爸爸去对菊子说吧。"

信吾极力忍耐着说：

"就是说，你要对我说，让你跟菊子离婚吗？"

"不是。"修一也压低了嗓门，"我只是提到在横滨下车的那个女子是自由的……那个女子同菊子的年龄相仿，所以爸爸才觉得那两个人很像是父女，不是吗？"

"什么？"

信吾遭此突然袭击，茫然若失。

"不是。如果他们不是父女，那不简直是相似得出奇了吗？"

"但也不像爸爸说的那样感动人嘛。"

"不，我深受感动啊！"信吾回答说。可是修一说出菊子已在信吾的心里，信吾噎住嗓子了。

扛着枫枝的乘客在大船下了车，信吾目送着枫枝从月台远去之后说：

"回信州去赏红叶好不好？保子和菊子也一起去。"

"好啊。不过，我对红叶什么的不感兴趣。"

"真想看看故乡的山啊！保子在梦中都梦见自己的家园荒芜了。"

"荒芜了？"

"如果不趁现在还能修整动手修修，恐怕就全荒芜了。"

"房架还坚固，不至于散架，可一旦要修整……修整后又打算做什么用呢？"

"啊，或许做我们养老的地方，或许有朝一日你们会疏散去的。"

"这回我留下看家吧。菊子还没见过爸爸的老家是什么样，还是让她去看看吧。"

"近来菊子怎么样？"

"打我了结同那个女人的关系以后，菊子也有点厌倦了吧。"

信吾苦笑了。

四

星期日下午，修一好像又去钓鱼池钓鱼了。

信吾把晾晒在廊道上的坐垫排成一行，枕着胳膊躺在上面，沐浴在秋日的阳光下，暖融融的。

阿照也躺在廊道前放鞋的石板上。

在饭厅里，保子把将近十天的报纸摞在膝上，一张张地阅读着。

一看到自以为有趣的消息，保子便念给信吾听。因为习以为常，信吾爱理不理地说：

"星期天不要再看报了好不好？"

说罢，懒洋洋地翻了个身。

菊子正在客厅的壁龛前插土瓜。

"菊子，那土瓜是长在后山上的吧？"

"嗯。因为很美，所以……"

"山上还有吧。"

"有。山上还剩下五六个。"

菊子手中的藤蔓上挂着三个瓜。

每天早晨洗脸的时候，信吾都能从芒草的上方看到后山着了色的土瓜。一放在客厅里，土瓜红得更加鲜艳夺目了。

信吾望着土瓜的时候，菊子的身影也跳入他的眼帘。

她那从下巴颏儿到脖颈的线条优美得无法形容。信吾心想，一代是无法产生这种线条来的，大概是经过好几代的血统才能产生的美吧。他不由得感伤起来。

可能是由于发型的关系，脖颈格外显眼，菊子多少有点消瘦了。

菊子细长的脖颈线条很美，信吾也是很清楚的。不过，在恰当距离的地方从躺着的角度望去，就愈加艳美了。

或许也是秋天的光线比较柔和的缘故。

从下巴颏儿到脖颈的线条还飘逸着菊子那少女般的风采。

然而，待到这柔和的线条缓缓胀起以后，那少女的风采就逐渐消失了。

"还有一条，就一条……"保子招呼信吾，"这条很有趣嘿。"

"是吗？"

"是美国方面报道的，说纽约州一个叫水牛城的地方，水牛城……有个男人因车祸，掉了一只左耳朵，去找医生了。医生旋即飞跑到肇事现场，找那只血淋淋的耳朵，捡回来后，立即把它在伤口处再植上。听说，至今再植情况良好。"

"据说手指被切断，即时也能再植，而且能再植得很好。"

"是吗？"

保子看了一会儿其他消息，仿佛又想起来似的说：

"夫妇也是这样的啊，分居不久又重聚，有时也相处得很好吧。

分居时间太长，可就……"

"你说的什么啊？"信吾似问非问地说。

"就说房子的情况吧，不就是这样吗？"

"相原失踪了，生死不明。"信吾轻声地答道。

"他的行踪只需一调查就能知道，不过……眼下可不知怎么样。"

"这是老丈母娘恋恋不舍啊！他们的离婚申请书不是早就提交了吗？请不要指望了吧。"

"所谓不要指望，这是我年轻时起就擅长的。可是房子就那样带着两个孩子在身边，我总觉得不知该怎么办才好。"

信吾沉默不语了。

"房子长相又不好看。即使有机会再婚，她扔下两个孩子再嫁……不管怎么说，菊子也太可怜了。"

"倘使这样，菊子他们当然就要迁出单过。孩子由外婆来抚养。"

"我嘛，虽说不是不肯卖力气，不过你以为我六十几岁了？"

"那就只好尽到人情，听天由命。房子上哪儿去了？"

"去看大佛了。有时孩子也真奇怪，有一回里子去看大佛，归途中险些给汽车轧了，可是，她还是喜欢大佛，总想去看看呢。"

"不会是爱上大佛了吧？"

"好像是爱上大佛了。"

"哦？"

"房子不回老家去吗？她可以去继承家产嘛。"

"老家的家产不需要什么人去继承。"信吾斩钉截铁地说。

保子沉默下来，继续读报。

"爸爸！"这回是菊子呼喊道，"听妈妈说关于耳朵的故事以后，才想起有一回爸爸说能不能把头从躯体上卸下来，存放到医院，让院方清洗或修缮呢，对吧？"

"对，对，那是观赏附近的向日葵之后说的，近来仿佛越发有这种必要了。忘记怎样打领带了，或许不久连把报纸颠倒过来读也若无其事啦！"

"我也经常想起这件事，还想过把脑袋存放在医院里试试呢。"

信吾望了望菊子。

"嗯。因为每晚都要把脑袋存放在睡眠医院里啊。可能是年龄的缘故吧，我经常做梦。我曾在什么地方读过一首诗，诗曰：'心中有痛苦，日有所思，夜有所梦——现实的继续的梦。'我的梦，并非现实的继续。"

菊子瞧了瞧自己插完的土瓜。

信吾一边望着土瓜的花，一边唐突地说：

"菊子，搬出去住吧！"

菊子大吃一惊，回转身站了起来，然后走到信吾身边坐下。

"搬出去住怪害怕的。修一挺可怕的。"菊子小声说，不让保子听见。

"菊子打算同修一分手吗？"

菊子认真地说：

"假如真的分手了，我也希望爸爸能让我照顾您，不论怎样。"

"这就是菊子的不幸。"

"不，我心甘情愿，没有什么不幸的。"

信吾有点吃惊：这是菊子第一次表现出来的热情。他感到危险了。

"菊子对我好，是不是错把我当作修一了呢？这样一来，对修一反而会产生隔阂呢。"

"对他这个人，我有些地方难以理解。有时候突然觉得他很可怕，真没办法啊。"菊子以明朗的表情望了望信吾，倾诉似的说。

"是啊，应征入伍以后他就变了。我也把握不住他的真心所在啊，故意地……不过，不是指刚才的事，而是说就像被切断的鲜血淋淋的耳朵那样，随便再植上去，也许还能长得很好。"

菊子一声不响。

"修一对菊子说过菊子是自由的吗？"

"没有。"菊子抬起诧异的眼睛，"所谓自由……"

"嗯，我也反问了修一一句，说自己的妻子自由，是什么意思……仔细想想，或许也含有这层意思：菊子从我这里获得更多的自由，我也应让菊子更自由。"

"所谓我，是指爸爸吗？"

"对。修一说过，要我对菊子说：菊子是自由的。"

这时，天上传来了声响。真的，信吾以为是听见了天上传来的声音。

抬头望去，原来是五六只鸽子从庭院上空低低地斜飞过去。

菊子也听见了，她走到廊道的一头，目送着鸽子，噙着泪水，喃喃自语："我自由吗？"

趴在放鞋石板上的阿照，也追踪着鸽子的振翅声，跑到庭院对面去了。

五

那个星期天吃晚饭的时候，全家七口齐聚一堂。

现在离婚回到娘家来的房子和两个孩子，当然也算是这家的成员了。

"鱼铺里只有三尾香鱼。这个给小里子。"菊子一边说一边将一尾放在信吾面前，一尾放在修一面前，然后再将另一尾放在里子面前。

"小孩子吃什么香鱼嘛！"房子把手伸了过去，"给外婆吃。"

"不！"里子按住了碟子。

保子和蔼地说：

"好大的香鱼呀，这大概是今年的末造香鱼了吧。不必给我了，我吃外公的。菊子吃修一的……"

这么一说，这里自然分成三组，也许应该有三个家。

里子先用筷子夹着盐烤香鱼。

"好吃吗？吃相真难看啊。"房子蹙起眉头，用筷子夹起香鱼子，送到小女儿国子嘴里。里子也没有表示不满。

"把鱼子……"保子嘟囔了一句，用自己的筷子掐了一小段信吾的香鱼子。

"从前在老家接受保子姐姐的规劝，我也曾试作过俳句，有这样一类季语[1]，诸如秋季的香鱼、顺流而下的香鱼、赤褐斑香鱼等。"信吾说到这里，突然望了望保子的脸，接着又说道，"这就是说香鱼产卵后太疲惫了，容貌也衰颓得不成样子，摇摇摆摆地游到海里去。"

"就像我这样啊。"房子马上说，"不过我从一开始就没有香鱼那样的容貌。"

信吾佯装没有听见。

"从前也有这样的俳句，诸如'而今委身于海水，啊！秋季的香鱼'，或'香鱼深知死将至，湍湍急流送入海'。这仿佛是我的写照。"

1　日本俳句中表示季节的词语。

"说的是我呀。"保子说，"产卵后顺流而下，入了大海就死了，是吗？"

"的确，入海就死了。偶尔也有一些香鱼潜在河边度过年关的，这种香鱼就叫栖宿香鱼。"

"我也许属于这类栖宿香鱼啊。"

"我大概栖宿不了啊。"房子说。

"不过，回娘家来以后，房子也长胖了，气色也好多了。"保子说着望了望房子。

"我不喜欢发胖。"

"因为回娘家就像潜在河边栖宿嘛。"修一说。

"我不会潜得太久的。不愿意啊，我会下海的。"房子用高亢的声音说。

"里子，只剩下骨头了，别再吃啦。"房子又责备地说。

保子露出一副惊奇的神色，说：

"你们爸爸关于香鱼的这番话，把难得的香鱼味都冲没了。"

房子原先低着头，嘴里不停地唠叨，后来却郑重其事地说：

"爸爸，您能助我一臂之力开一家小铺子吧？哪怕是化妆品店、文具店……就是在近郊偏僻的地方也可以。我想搞个售货摊或饮食营业亭。"

修一惊讶地说：

"姐姐能经营接待客人的饭馆生意吗？"

"当然能。客人要喝的是酒，又不是女人的脸蛋，你以为自己有个漂亮的太太就可以随便说话吗？"

"我可不是那个意思。"

"姐姐准能经营的。女人都能做接待客人的饭馆买卖。"菊子冷不防地脱口而出，"如果姐姐开饭馆，我也要去帮忙哩。"

"哦，这可是件了不起的大事啊。"

修一显得有点惊愕。餐桌旁顿时鸦雀无声。

菊子一个人脸红到了耳根。

"怎么样，下个星期天，大家回老家去赏红叶好不好？"信吾说。

"看红叶吗？我很想去呀！"

保子的眼睛变得明亮了。

"菊子也去吧，你还没见过我们的家乡呢。"

"嗯。"

房子和修一依然憋着一肚子火。

"谁看家呢？"房子问。

"我看家。"修一回答。

"我来看家。"房子拂逆人意地说，"不过，去信州之前，爸爸必须答复我刚才的请求。"

"那就下一个结论吧。"信吾边说边想起绢子身怀胎儿在沼津开了一家小裁缝店的事来。

吃罢晚饭，修一最先站起来走了。

信吾也一边揉着酸疼的脖颈一边站起身来，无意中望了望客厅，开亮了电灯，扬声喊道：

"菊子！土瓜都奄拉下来了，太沉啦！"

因为洗涤陶瓷碗碟的声音太大，菊子似乎没有听见。

附录

《山音》解读

叶渭渠

自从《雪国》问世以来，川端康成的不少作品，在孤独、哀伤和虚无的基调之上，又增加了些许颓伤的色彩，然后有意识地从理智上加以制约。如果说《伊豆的舞女》和《雪国》是川端康成创作的一个转折，那么《千只鹤》和《山音》又是另一个转折，其颓伤的色调越发加重，甚至成为其晚期一些作品的主调。到了《睡美人》《一只手臂》，完全不受理智、理性乃至传统的道德观念约束，达到病态伤感的境地。

《千只鹤》和《山音》几乎是同时开始创作的，两部作品各章交替写就，分别在杂志上连载，然后成书。

如果说《千只鹤》用简笔法含蓄而朦胧地写了几个人物的怪异行为，那么《山音》则是着重写人物由于战争创伤而心理失衡，企图通过一种近于违背人伦的精神来恢复心态的平衡。

川端康成在《山音》里将尾形信吾一家的几个人物放置在战后日本家庭主义制度崩溃、传统家庭观念淡薄的具体背景下。也就是说，作家企图通过这个家庭内部结构的变化，来捕捉战后的社会变迁和国民的心理失衡。作家塑造的人物中，无论是信吾的家庭成员还是与这个家庭有关的几个人物，他们的性格都由于战争的残酷和战后的艰苦环境而扭曲了。就信吾一家来说，这个家庭始终笼罩着一种暗沉的气氛。一家之长的信吾知道儿子、儿媳、女儿的不幸，但却不知道如何处理他们的不幸；他知道这种不幸不全是自己的责任，但却不知道不幸的根源，一味沉浸在悲哀之中。而且他面临衰老之境，意识到自己的孤独，整天沉溺在虚空和颓伤之中，不断出现幻听、幻觉、幻梦，这实际上是他内心对儿媳的一种变态心理的反映，他自己也觉得这是一种"异常的心态"，却无法抑制和摆脱，甚至望着儿媳也觉得自己的内心闪现着青春的气息。尽管如此，信吾没有像《千只鹤》的菊治那样放肆地超越道德的界限，走上堕落之路，而只是限制在"精神上的放荡"，在行为上以更多的理智加以制约。他们之间只是存在一种公公与儿媳的亲切感情，而不是一般意义上的爱情。如果说有涉及违背道德行为的话，那就是信吾将梦中猥琐的对象看作儿媳的化身；在儿媳身上发现自己曾爱恋过的大姨子的美；信吾认为儿媳不幸时，儿媳说不是不幸，这应值得高兴，信吾觉得这是儿媳对自己表示了热情，以为是儿媳将自己当作修一了。仅此而已。这些事，菊子似乎是不知道的。也就是说，信吾对菊子只是同情，有时有些许朦胧的爱意，接近而没有超越违背人伦的危险的界限。所以信吾没有在道德上进行自我反省，受到良心的谴责。相反，信吾不以为自己所做的猥琐的梦是罪恶的。作家之所以让信吾的猥琐成为梦中的行为，把冲动的欲望从现实中移到梦里，在现实中却严守道德的底线，原因也在这里。作家在小说中也明白地说，这是"为了隐藏关系，也为了掩饰良心的谴责"。所以信吾充满令人作呕的颓唐而违背道德的东西不是表现在行动上，而是隐藏在头脑里、梦里。不管怎么说，信吾的罪恶意识是存在的。也许作家还有一层意思，就是要尽量保持菊子的纯洁美的世界。

信吾的儿子修一和女婿相原，还有像绢子这样的战争寡妇，他们都留下了战争创伤。日本战败，他们失去了"皇军"赖以存在的精神支柱，产生了心理性的虚脱，精神陷于麻木的状态，他们的家庭观念和社会道德观被战争扭曲了，所以企图追求新的人性解放，转而走向颓废。作家就是让修一这个心灵负了伤的人物在忧郁、悲伤及至罪恶的深渊中苦苦挣扎，他同绢子产生婚外恋，而由于两人身心都受到战争的创伤，同病相怜，修一企图以自己的爱来医治战争寡妇的伤痛。绢子这个战争寡妇在战后无依无靠，无法生活，只好委身于修一。她怀孕后不知是喜悦还是悲伤，一方面她想要个孩子老来有所依靠，另一方面信吾逼迫她效法菊子做人工流产，修一也不让她生下这个私生子，并对她拳打脚踢。她一个弱女子已经无法再忍受孤独和伤痛，决心生下这个私生子，因此她苦苦哀求："我别无所求，只请您让我把孩子生下来。"在这里，川端康成进一步提出怀疑："战争寡妇的恋爱生活在本质上真的是罪过吗？""对战争寡妇还能说些什么呢？"这不仅表现了对战争寡妇的同情，也间接地披露了罪过的所在。可以说，作家对战争造成的罪恶表示了哀伤。但也只是哀伤，而没有愤怒；只是呻吟，而没有反抗。准确地说，他是企图用虚无和绝望，用下意识的反应，乃至无意识的行动，来对现实做出反应。尽管如此，作品还是展示了战争所造成的一代人的精神麻木和颓废的图景，还是留下了战争的阴影的。如果离开战争和战后的具体环境，恐怕很难理解《山音》的意义吧。可以说，《山音》比起《千只鹤》来，作品的意义更加深刻。

人物心理的展现，《千只鹤》是寓寄于茶具，而《山音》则在梦幻中展开,特别是信吾的心理活动,完全是游荡在九个梦境中,且是多姿多彩的。譬如松岛之梦,梦见一个二十多岁的小伙子搂抱着一个少女,可是醒来,少女的容貌、少女的肢体已了无印象,连触觉也没有了;譬如能剧面具之梦,梦见能剧面具在老花眼中幻影出少女润滑的肌肤,差点要跟它亲吻,可是醒来,这无生命的面具空幻成菊子的化身;譬如卵之梦,梦见两个卵,一个是鸵鸟卵,一个是蛇卵,可是醒来却以为是菊子和绢子的胎儿,等等,都是通过梦幻增加非现实的幻想性,展示人的下意识活动和变态心理,来表露人物的悲观、虚无和颓废。所以说《山音》用梦的幻影突破时空的限制,让人物的思想情绪在过去和未来、现实与非现实的境界自由自在地驰骋。

《山音》除了设置梦之外,还添上死的色彩,譬如鸟山被妻子残酷虐待致死,水田在温泉旅馆里猝死,北本拔白发而死,划船协会副会长夫妻在家中为爱而死,信吾的友人患肝癌而死,等等,并且通过这些死的形象来触动某一个情节发生或发展,与梦相应地展开以菊子为中心的各种人物的微妙心理活动。如果说,支撑这部作品的基调是梦与死,恐怕也不会言过其实吧。

川端康成将这部小说命名为《山音》,大概与上述梦与死的特色分不开。山音只有在"山音""冬樱"两节做了描述。"山音"一节描写自觉死期已近的信吾在明月满盈、无风的夜里,突然听到了一种地震般深沉的轰鸣声,觉得像是自己头脑里的响声,疑是耳鸣或是海音,却是"恍如魔鬼鸣山而过"。信吾知道菊子的亲戚弥留之际,也是听到山音,所以他预感到这山音是宣告自己死期将至。

在这里,"山音"是一种幻听,它和信吾的梦与死亡交叉共鸣,巧妙地与信吾的心相结合,展开妖冶的情节,从一个方面揭示了小说主题和人物的象征意义。

在"冬樱"一节中，"山音"则是夹杂着风雨的、火车通过长长的隧道后鸣笛而来的，既非梦也非幻，而是实实在在的山之音。它完全是一种真实感觉，寓意信吾家生起种种风波后的现实。

从总体来说，《千只鹤》和《山音》这两部作品的主要意图，似乎在于表现爱情与道德的冲突。作家一方面想要抹杀道德上的善恶对立，宣扬不管是道德还是非道德，人的自然感情都是真挚的、纯洁的，他不满于社会现实、传统道德和法纪规范在维护无感情方面的结合，并企图破坏这种传统的伦理道德，建立自己的价值观念；另一方面又囿于社会现实、传统道德和法纪规范，认为自然的爱情并没有完全违背传统道德观念，而只是接近于违背传统道德观念的边缘，始终停留在精神放纵上，追求一种变态的幻想美，而且常常带着一种罪恶感和悔恨感。也就是说，作家既渴求一种自然的爱情，又为传统道德所苦，无法排解这种情感的矛盾，就不以传统道德来规范人物的行为，而是超越传统道德的框架，从对道德的反叛中寻找自己的道德标准来支撑爱情，以颓唐的表现来维系爱欲之情。

川端康成生平年谱

1899 年	6 月 14 日生于大阪市北区此花町，父亲是个开业医生，川端是家中长子。
1901 年（2 岁）	父亲病逝。随母迁至大阪府西城郡丰里村。
1902 年（3 岁）	母亲辞世，与祖父母迁居原籍大阪府三岛郡丰川村。
1906 年（7 岁）	入大阪府三岛郡丰川普通小学，因身体瘦弱多病，经常缺课，但学习成绩优异。祖母故去，与祖父相依为命。
1912 年（13 岁）	小学毕业，并以第一名的成绩考入大阪府立茨木中学。
1913 年（14 岁）	上中学二年级，博览文艺书刊，并习作短歌、俳句、新诗等，开始立志当小说家。
1914 年（15 岁）	祖父辞世，成为孤儿，顾影自怜。在祖父弥留之际，如实地记录了祖父的状况，写就了《十六岁的日记》。短篇小说《拾骨》《参加葬礼的名人》等，都是在这个基础上重新改写而成的。

1915年（16岁）	在茨木中学开始寄宿生活，直至中学毕业。博览群书，从《源氏物语》到陀思妥耶夫斯基的作品，古今名著皆有涉猎。
1917年（18岁）	从茨木中学毕业，考入第一高等学校。这时期最爱读俄国文学。
1918年（19岁）	初次去伊豆半岛旅行，与巡回表演艺人同行，将与舞女邂逅的感情生活体验，写进了《汤岛的回忆》，成为名作《伊豆的舞女》的雏形。此后，每年都到伊豆半岛旅行，持续约十年。

第一高等学校时代伊豆之旅中的川端康成

1919 年（20 岁）	发表描写初恋生活的小说《千代》。
1920 年（21 岁）	从第一高等学校毕业，进入东京帝国大学（今东京大学）文学系英文学科，取得文坛先辈菊池宽的支持。
1921 年（22 岁）	发表《招魂节一景》。这一年，发生了与咖啡店女招待伊藤初代从恋爱、订婚到感情破裂的事件，并将这一"非常"事件写成《南方的火》《非常》等作品。发表评论文章《南部氏的风格》，第一次拿到稿费。
1922 年（23 岁）	从东京帝国大学英文学科转读国文学科。开始从事持续近二十年的文艺评论活动。
1923 年（24 岁）	成为菊池宽创办的杂志《文艺春秋》的同人编辑。名字载入首次出版发行的《文艺年鉴》。
1924 年（25 岁）	从东京帝国大学毕业。与横光利一等创刊《文艺时代》，发起新感觉派文学运动。
1925 年（26 岁）	在友人家初次遇见松林秀子，一见钟情。发表了新感觉派纲领性的论文《新进作家的新倾向解说》。
1926 年（27 岁）	开始与秀子同居，寄住在友人家或居于伊豆汤岛。写了新感觉派唯一的电影剧本《疯狂的一页》，发表了《伊豆的舞女》，出版了作品集《感情的装饰》，主要收录了小小说。
1927 年（28 岁）	出版小说集《伊豆的舞女》。

1929年（30岁）	常逛浅草，结识了舞女们，做了大量采访笔记，开始连载小说《浅草红团》。
1930年（31岁）	在菊池宽主持的文化学院担任讲师，还兼任日本大学的讲师。加入中村武罗夫主持的"十三人俱乐部"，创作了具有新心理主义特色的小说《针、玻璃和雾》等。
1931年（32岁）	写了新心理主义小说《水晶幻想》。与秀子正式结婚。
1932年（33岁）	发表了《致父母的信》，以及体现他生死观的《抒情歌》《慰灵歌》等。
1933年（34岁）	《伊豆的舞女》第一次被拍成电影。发表小说《禽兽》和随笔《临终的眼》。
1934年（35岁）	被列名在右翼文化团体文艺恳话会的花名册上，其本人事前一无所知。开始连载《雪国》。

川端康成与夫人秀子

1935 年（36 岁）	担任文艺春秋社新设的"芥川奖""直木奖"的评委。出版随笔集《纯粹的声音》，继续连载《雪国》。
1936 年（37 岁）	发表《告别"文艺时评"》，宣告不写文艺评论，显示了对战时体制的"最消极的合作、最消极的抵抗"的姿态。发表《花的圆舞曲》。
1937 年（38 岁）	出版《雪国》单行本，获第三届"文艺恳话会奖"。写了《牧歌》《高原》等。开始连载《少女开眼》，开始写介于纯文学与通俗文学的"中间小说"。
1938 年（39 岁）	出版《川端康成文集》（全 9 卷，改造社）。观看并记录秀哉名人引退围棋战局，在报纸上发表《我写围棋观战记》。
1939 年（40 岁）	继续写《围棋观战记》，在报纸上连载。
1940 年（41 岁）	秀哉名人猝逝后，拍摄了名人的遗容。发表《母亲的初恋》《雪中火场》（《雪国》续章）等。
1941 年（42 岁）	发表《银河》（《雪国》续章）。
1942 年（43 岁）	为了写《名人》《八云》等作品前往京都。
1943 年（44 岁）	赴大阪故里，收养表兄的女儿政子为义女。写了《故园》《父亲的名字》等。
1944 年（45 岁）	获得第六届"菊池宽奖"。其他活动概不参与，沉溺在古典文学的世界里。发表《夕阳》《一

草一木》等。

1945 年（46 岁）　与友人开设出租书屋"镰仓文库"，热心投入这项工作。

1946 年（47 岁）　结识三岛由纪夫，并推荐和支持三岛《香烟》的发表，从此与三岛结下师生的情谊。发表《雪国抄》《重逢》等。

1947 年（48 岁）　参与重建日本笔会的工作，发表小说《续雪国》、随笔《哀愁》等。

1948 年（49 岁）　担任日本笔会会长。出版《雪国》定稿本、随笔集《独影自命》。创作《再婚的女人》。

1949 年（50 岁）　连载长篇小说《千只鹤》《山音》。

1950 年（51 岁）　在广岛举办的"世界和平与文艺讲演会"上发表了以《武器招徕战争》为题的"和平宣言"。开始连载《天授之子》《舞姬》等。

1951 年（52 岁）　出版《舞姬》单行本，开始连载《名人》。

1952 年（53 岁）　出版《千只鹤》《山音》单行本，《千只鹤》获"艺术院奖"。发表了《波千鸟》(《千只鹤》续篇）。

1953 年（54 岁）　被选为艺术院会员。担任"野间文艺奖"评委。开始写通俗小说《河边小镇的故事》。

1954 年（55 岁）　出版《名人》单行本，开始连载《湖》《东京人》。

1955 年（56 岁）	出版《东京人》单行本等。爱德华·塞登斯特卡节译的《伊豆的舞女》刊登在《大西洋月刊》日本特辑号上。
1956 年（57 岁）	出版《生为女人》等。是年起，作品在海外的翻译出版逐年增多。
1957 年（58 岁）	赴欧洲出席国际笔会执行委员会议，同时访问欧亚诸国和地区。主持在东京召开的第 29 届国际笔会大会。发表随笔《东西方文化的桥梁》等。
1958 年（59 岁）	被选为国际笔会副会长。发表《弓浦市》等。
1959 年（60 岁）	在法兰克福举行的第 30 届国际笔会大会上被授予歌德奖章。是年，在长期的作家生活中，第一次没有发表任何一篇小说。
1960 年（61 岁）	应美国国务院的邀请访美。作为特邀代表出席巴西圣保罗主办的第 31 届国际笔会大会。获法国政府授予的艺术文化军官级勋章。开始连载《睡美人》等。
1961 年（62 岁）	出版《湖》单行本，开始连载《古都》《美丽与悲哀》。获日本政府颁发的第 21 届文化勋章。
1962 年（63 岁）	出版《古都》单行本，发表《落花流水》等。
1963 年（64 岁）	出任日本近代文学馆监事、近代文学博物馆委员长。发表《一只胳膊》等。
1964 年（65 岁）	作为特邀代表，出席在奥斯陆召开的第 32 届

国际笔会大会，归途历访欧洲各国。开始连载《蒲公英》（至1968年，未完）。

1965年（66岁）　辞去自1948年起担任的日本笔会会长的职务。开始连载《玉响》（至翌年，未完）。

1966年（67岁）　受日本笔会表彰，并受赠一尊由高田博厚制作的胸像。

1967年（68岁）　任新开的日本近代文学馆名誉顾问。开始连载《一草一花》等。

1968年（69岁）　获诺贝尔文学奖，赴斯德哥尔摩出席授奖仪式，并在瑞典科学院作题为《我在美丽的日本》的演讲。顺道访问欧洲诸国。

1969年（70岁）　赴夏威夷大学作题为《美的存在与发现》的特别演讲。作为文化使者，出席在旧金山举办的"移民百年纪念旧金山日本周"，并作题为《日本文学之美》的特别讲演。先后被授予美国艺术文艺学会名誉会员、夏威夷大学名誉文学博士称号。

川端康成与电影《伊豆的舞女》中饰舞女的吉永小百合在拍摄现场

回国后又被授予镰仓市名誉市民等称号。生前第五次出版《川端康成全集》(全19卷)。

1970 年（71 岁）　出席在中国台北举办的亚洲作家会议。作为特邀代表，出席在韩国汉城召开的第38届国际笔会大会。发表《竹声桃花》等。

1971 年（72 岁）　举办"川端康成个人图书展"。任日本近代文学馆名誉馆长。

1972 年（73 岁）　出席《文艺春秋》创立50周年举办的新年社员见面会，并作了演讲，以《但愿是新人》为题发表在《诸君》上。4月16日在逗子市的玛丽娜公寓口含煤气管自杀。

1968年12月10日川端康成在诺贝尔奖授奖仪式上领奖

译著等身，风雨同路：
记学者伉俪叶渭渠、唐月梅

1945 年 9 月，在越南西贡堤岸的知用中学里，叶渭渠和唐月梅初次相遇。彼时，15 岁的唐月梅在此读初二，而 17 岁的叶渭渠刚转学至此，两人正值青春年少。

唐月梅学习成绩优异，又有文艺天赋，在叶渭渠来到知用中学时，她已是学校学生会的主席，是学校里的风云人物。当已然 80 岁的唐月梅老人谈起两人的初遇时，眼神里闪烁着当年的怦然心动："只见一位少年骑着自行车，正好从对面过来。多么神奇的眼神！"

叶渭渠以俊朗的外表和极高的修养，赢得了老师和同学们的喜爱。他思想进步，积极向共产党组织靠拢，逐渐成为地下学联的主席。这个组织旨在宣传新思想，反对国民党的腐败统治，同时参与越南共产党组织的一些活动。这些都是很隐秘的地下活动，所有成员都是单线联系。叶渭渠发展唐月梅加入，自己作为她的联系人。叶、唐二人在校期间曾一同排演话剧，成为令人艳羡的一对。革命和爱情的种子开始在这对青年男女懵懂的心绪中悄然生发。

1952年6月，叶、唐二人正式踏上归国的路途，最终回到祖国母亲的怀抱。二人在北京安顿下来后，准备考大学。一开始叶渭渠的志愿是新闻系，而唐月梅想学医。但周围有人建议，中国此时外语人才奇缺，作为华侨，他们有一定的语言优势，不如改考语言专业。最终，他们双双考入北京大学，就读于季羡林先生领导下的东方语言文学系，主修日语。

1956年，二人在老师和同学们的祝福下举办了一个小小的婚礼。"新房借用的是一位休假教师的宿舍，加两个凳子，再铺上块木板。全班同学合送了一条新毛巾，算是最值钱的家当。三天后，我们就回到各自的宿舍，随后到青岛旅游度蜜月。"就这样，相识十一年的二人正式结为夫妻。

他们婚后的生活一直很清贫。对于生活的艰苦，二人在回国的时候做了充分的心理准备：只要能做自己喜欢的工作，无论怎样都可以适应。在最艰难的时刻，他们流泪烧毁了积攒的日文书籍，只留了一本日汉词典带在身边，每天晚上拿出来背单词。

20世纪70年代末，叶渭渠和唐月梅才真正开始日本文学的翻译和研究。此时他们的家庭负担异常繁重，上有老、下有小。他们只能挤在逼仄的杂物间里伏案工作。唐月梅回忆："我们只能在杂物间支起一张小书桌，轮流工作。老叶习惯工作到深夜，我则凌晨四五点起床和他换班。"正是在这样窘迫的环境中，两人完成了《伊豆的舞女》《雪国》《古都》等重要作品的翻译工作。他们很少谈家事，对话大多也是关于工作和学问的。叶渭渠说，这种关系不是"夫唱妇随"，也不是"妇唱夫随"，而是"同舟共济，一加一大于二"。

不久后，《雪国》《古都》交由一家地方出版社准备出版。但那时川端康成尚属"思想禁区"中的重点人物，有人甚至写文章批判《雪国》是一部黄色小说。《雪国》《古都》译稿在出版社积压许久也没有进展，出版社想单独出版《古都》，可是叶、唐夫妇态度坚决，要么一同出版，要么将两部译稿一并收回。最终两部小说译稿不仅成功出版发行，还成了畅销书。专家和读者给予这两部译著很高的评价。

此后多年，二人同在中国社会科学院，做了大量有关日本文学与文化的研究工作，并共同访问日本。在川端康成的家中，他们见到了自川端自杀后独自生活的秀子。

退休后，两人也不像一般老人那样颐养天年，而是决心"春尽有归日，老来无去时"，两人用近三十年的时间合著了《日本文学史》，光是搜集整理文献资料就耗费近二十年。

叶渭渠、唐月梅携手走过半个多世纪的风雨人生，他们既是相濡以沫的夫妻，也是志同道合的朋友，堪称最美的伉俪学者。他们浩如烟海的译著成就，便是他们忠贞爱情的一大结晶。

图书在版编目（CIP）数据

山音 /（日）川端康成著；叶渭渠译 . -- 杭州：浙江人民出版社，2022.12
　　ISBN 978-7-213-10580-7

　　Ⅰ . ①山… Ⅱ . ①川… ②叶… Ⅲ . ①长篇小说 - 日本 - 现代 Ⅳ . ① I313.45

中国版本图书馆 CIP 数据核字（2022）第 069806 号

山音
SHAN YIN

[日]川端康成 著　　叶渭渠 译

出版发行	浙江人民出版社（杭州市体育场路 347 号　邮编　310006）	
责任编辑	张世琼	
责任校对	杨　帆	
封面设计	艾　藤　沐　希	
电脑制版	Magi	
印　　刷	河北鹏润印刷有限公司	
开　　本	880 毫米 ×1230 毫米　1/32	
印　　张	10.25	
字　　数	181 千字	
版　　次	2022 年 12 月第 1 版	
印　　次	2022 年 12 月第 1 次印刷	
书　　号	ISBN 978-7-213-10580-7	
定　　价	49.80 元	

如发现图书质量问题，可联系调换。质量投诉电话：010-82069336